說故事的人
多功能語文表達實務

國立暨南國際大學中國語文學系 ——主編

五南圖書出版公司 印行

故事開始了

　　由陳正芳教授所主導編輯的《說故事的人：多功能語文表達實務教材》即將正式出版，當初有感於語文教育的一念之想，經由眾人的努力，現已化為物質的實存，怎不令人欣喜！

　　源於大學預備科的語文加強教育的大一國文，近年來始終是公眾議題討論的熱點。這固然與當代物質經濟發達，實用主義的意識高漲有關，對語文繼續教育的必要產生疑慮，而語言文字實為意識形態沉積匯聚之所，為擁詮釋權極易引戰，彼此爭鋒頡頏自不意外；不過語文其實形構也介入了生活的各個層面，兼有實用及審美的功能，本就隨著時代而不斷調適與轉變，文之風貌地景必然持續引發關注與思辨。這些多元紛呈的意見，正可以不斷據以檢視教學內容，拉近理想與現實之間的落差。

　　在中學六年的語文教育之後，大學國文已無會考、學測的緊箍之咒，在相對開放的學術環境裡，同學可以在更自由與多元的課程內容，運用積累深厚的文化底蘊，進行更深刻的人文思辨，培養文學的鑑賞能力，以及精準、適切、鍛鍊屬於自己的書寫風格。本書的編寫即在這樣的念想裡誕生，其固然有網路小編、標題寫作、廣告金句、品牌故事等的亮眼趨新，亦不妨是語文應用上的盤點整理；影評寫作、自我履歷、採訪技巧、簡報技術的厚積薄發，那更是基本軟實力、硬工夫的實際展示，當然在現代化的浪潮之下，教師課堂上連結時事的隨機指點及同學在新溝通工具下的禮儀表達，不妨皆可納入

「文」的視野，所謂「一身接於萬事，凡其語默動靜，人所可得而見者，無所適而非文也」，見證當代，足見錯畫之文的百變與活力。

　　本國語文的精進，不僅是修辭上的達與雅的問題，其還是思想的析辨、融貫，情意的感受與提昇，語言的界線就是思想的界線，雖然人文思辨的廣與深，未必一定要全由中文系來擔負，但大一國文課程，對於這樣的使命責無旁貸，在既有的教材之外，語文實務教材的誕生，對語文工具性有著更多面向的建議與思考，同時開始訴說著另外的故事，或者故事裡永遠是新編。

曾守仁

序　古典與前瞻

　　一次的隨意翻閱看到一句「最古典的人，其實有最前瞻的視界」，眼前頓時亮了起來，好適合形容本系（中文系）的老師們！歷來眾人對中文人的印象就是善於吟詩做詞，滿腦袋古人、古物、古語，以我數十年的近身觀察，確實如此，稱之最古典的人，當之無愧。不過，真正的中文人早從文字、聲韻、思想、文學的時代遞嬗，摸索出時代前進的律動，望向未來，自有洞見。這本書的誕生即源於此。

　　美國國際史丹佛研究中心總裁卡爾森曾嚴厲批評進入創新經濟時代，在校成績頂尖的博士，在其專業領域沒有創新能力，也缺乏團隊合作、跨領域合作的習慣。我不知這專指美國還是21世紀的全球通病，雖不好質疑這個論調，但這本《說故事的人：多功能語文表達實務》可真會打臉總裁的理解。話說當時任本系大家長的守仁教授提出：因應現今語文環境的需求，我們要為各科系教學上的突破，思考一本實用的教材。於是本系任教大一國文的教師馬上企鵝取暖般相聚。

　　第一次開會討論，教文字學的美蘭率先發言，她以為現在不少網路小編的文字，令人生畏，我們應該在這方面提點同學。此言如問路的投石，激起越界的思考漣漪，大家開始集思廣益：在電子郵件和社交軟體的書寫禮儀呢？在各式傳媒閱讀時，對標題的判讀呢？面對紛亂的社會時事，又該如何區辨假新聞或者找到合宜的立場呢？簡報

力的培養豈不是當務之急？研究思想的敏如，擅長古典文學的建銘、珮琪、宜古宜今的恆興，都紛紛提出嶄新的見解來回應。持續與商管學院老師合作授課的秀菁，早習得一套跨領域的本領，願意貢獻她在企劃書和品牌故事鑽研的心得，殊不知她可是道道地地的古典詩詞老師。近兩年，本系多次邀請不同領域的專家來校開工作坊，古典文學批評專業的守仁積極推動，所撰之採訪教學實得力於此。當然還有每個人最緊密連結的履歷寫作，讓思想專業的如柏接手，竟有了耳目一新的觀點。向來點子最多的冠妤，就擔當了廣告金句這個既有趣，卻另有專業性的課題。說來慚愧，我僅在過去的電影研究基礎上，開發影評寫作，雖不如每位老師突破自己在專業上的豐厚積奠，另行發揮回應時代的新創意，但仍企圖加深同學觀影的深度。兩年來，我們確實藉由教師社群達到團隊合作和跨域合作，激盪出具有未來視野的寫作火花。

　　忝為主編，其實總受益守仁主任的耐心指正，美蘭和秀菁老師的從旁協助，在此致上誠摯感謝，當然每一位撰稿的老師都是成就這件工作的主力，另外，在編務方面，本書歷經波折，中文所的研究生承曆和中文系的惠茗同學都曾投注心力，大一國文黃健富和溫珮琪助理教授也參與封面和版面的形式提議，豈一個謝字可以表達我的內心。最後想談一談我是從何處讀到「最古典的人，其實有最前瞻的視界」。這是作家莊裕安對張繼高先生的評價。張繼高何許人，在每個人都可成名五分鐘的今日，或許無關緊要，但筆名吳心柳的張先生，被譽為新聞人、文化人、音樂人，在臺灣投注四十年心力，推廣音樂文化的熱血，就值得我們慎重看待。莊裕安是從張先生積極推動古典音樂的角度，看見他對當代科技Software、CAD、DBS、PAL/

NTSC、S/N比例全能為文侃談，不禁要讚嘆老先生不是守舊，而是有著從古典跨越未來的賦能。

莊文寫來已有二十年，電腦科技早就漫步雲端，然而，一如眾所熟悉的廣告金句：科技始終來自人性，我們撰寫教材的初心，其實也就是在漫談人性的文字、文學和思想之重要基礎上，追求貼近時代脈動的教學。每一個篇章既是趨向實務應用，老師們在撰寫的同時，也戮力在課堂實際操作過，由此不難體會本書絕非紙上談兵。說是「有最前瞻的視界」，張繼高先賢在天堂也必頷首稱是吧！

陳正芳

目錄

如何為品牌說故事

徐秀菁

💬 何謂品牌故事

　　要為品牌說故事，首先要了解何謂品牌，朱延智《品牌管理》說道：

> 品牌是一種情感、一種信任、一種價值，它是由形象、廣
> 告、研發、商譽、服務等各種複雜因素，經多年辛苦架構而
> 成，可說是企業的靈魂。[1]

在經營品牌時，最重要的就是傳遞情感、建立消費者的信任，以及傳遞品牌的價值。品牌經營可以分成：品牌定位期、品牌建構期與品牌優化期等三個階段。在第一階段，首先要定位自己是一家怎樣的企業，產品特點為何，與其他產品、其他企業有何不同，以作出市場區

---

[1] 朱延智：《品牌管理》，臺北，五南，2010年，頁2。

隔，並且精準分析自己的目標客群，提高辨識度；第二階段，則是確立自己要當一家怎樣的企業，並找到如何做的方法，在品牌經營的策略上，以傳遞企業理念和價值為主，提昇消費者的認同度；第三階段，當品牌已有一定的辨識度和知名度，在市場佔有一席之地，進而要做的就是品牌優化，針對未來的發展，給出企業的願景、承諾與實踐，在品牌經營的策略上，經常透過品牌形象的塑造，以強化消費者對品牌的信賴與忠誠。因此，所謂品牌故事，就是指在品牌經營的不同階段，透過故事的陳述，以介紹品牌、傳遞品牌價值與企業理念的一種方式。

採用故事的陳述方式，對品牌經營會產生怎樣的影響？故事化的陳述方式，因為帶有人物、事件、情節，容易挑動消費者的情感，有助於傳遞一種訊息，或宣揚一種理念，以強化品牌的魅力，引起共鳴，進而提昇消費者的認同。但在打造品牌故事時，也要注意：故事是否禁得起檢驗，會不會因為太想要訴諸一種情感，刻意操弄，以致欠缺合理性；故事是否太普遍，欠缺特殊性；故事是否太薄弱，無法凸顯品牌核心人物的生命歷練或經營堅持，讓故事顯得不夠深刻；故事是否刻意附會，與產品或品牌的關聯性不足，這些都是打造品牌故事時，需要注意的地方。

💬 如何打造品牌故事

邱于芸《用故事改變世界》提到：

故事的結構是從「角色」開始說起，每個主角有其特質，加入了時空歷程，成為主角獨特的經驗敘述，這便是「個體化過程」。

任何事件的發展都要有行動的主體，那就是角色，角色是帶領讀者進入故事世界中的重要媒介，透過角色才能引起讀者共鳴。[2]

角色是構成故事的第一要素，因此，在寫品牌故事時，首先要找到品牌故事中的核心人物，同時也是靈魂人物。可以透過資料收集和人物訪談，找到那個最有故事可以說，最能夠傳遞品牌價值的人，通常是以創辦人為主，或是影響品牌創立的關係人、開發關鍵技術的研發者，也可能是創業時期的員工或體驗的顧客。第二步則是確立品牌故事的撰寫重點，比如核心人物或靈魂人物具有怎樣的經歷和人格特質？他想要什麼，目標為何，為什麼想要這些？如何達成想要的目標？經營的過程、面臨的阻礙或難題是什麼，又是如何克服的，結果如何？

　　但這樣做還不夠，如果按照時間順序與經歷一一陳述，容易寫得太過繁瑣，因此還需要掌握故事的寫作技巧。羅伯特・麥基《故事的

2　邱于芸：《用故事改變世界：文化脈絡與故事原型》，臺北：遠流，2014年，頁42；169。

解剖》提出：

> 從角色的人生故事當中選取某些事件，編寫成有意義的場
> 景段落，引發觀眾特定情緒，同時呈現某種特定的人生觀
> 點。事件因人而起，也影響了人，因而能勾勒出角色的樣
> 貌。[3]

順著這個思路來看以創辦人為核心的品牌故事，並非每一段經歷都要
寫進故事中，而是要「選擇值得寫的事件」，但哪些是值得寫的事
件？判斷的原則和依據是：
1. 這個事件是否帶來轉變。
2. 這個事件是否有所影響。
3. 這個事件是否可以呈現角色特質，否則就是對故事沒有意義或沒
   有作用的事件。
　　確立角色，同時挑選事件後，接下來談品牌故事撰寫的結構與寫
法，有以下三種呈現方式：

---

[3] 羅伯特・麥基（Robert Mckee）著，黃政淵、戴洛棻、蕭少嵫譯：《故事的
解剖：跟好萊塢編劇教父學習說故事的技藝，打造獨一無二的內容、結構與風
格》，臺北：漫遊者文化，2014年，頁40。

以創辦人為核心

　　以創辦人為核心的寫法，從創業的原因和過程，再到危機與轉變，進而陳述企業經營的精神與理念。因為創辦人的形象鮮明，他可能白手起家，或歷經艱辛的時刻，人生經歷具有轉折，尤其在遭遇危機之後，能夠找到應對的方法去克服，進而讓企業有所轉變，最後成功擴大原有的企業規模，這樣的經歷帶有強烈的故事元素，因為情節具有變化，而且他所遭遇的事件恰巧帶來轉變和影響，克服困境正好能凸顯人格的特質，強化他的精神和信念，因此最適合透過創辦人的故事，傳遞經營理念，並且塑造企業形象，同時可以強化員工與投資者的認同和信任，這也是最常見的品牌故事的寫法。比如蘋果公司和香奈爾，賣的就是創辦人的故事。

以技術開發為核心

　　以技術開發為核心的寫法，先談研發的背景與原因，強調自己的創發與轉變，進而提出企業的願景與訴求。之所以採取這種撰寫方式，在於創新研發的過程，帶有故事元素，從研發者的不斷嘗試，再到克服問題，最後研發成功，最能凸顯企業的專業、用心、謹慎並且實事求是的態度，連帶強調品質保證與獨一無二，滿足消費者的需求，以強化信任與忠誠，傳遞經營理念，塑造企業形象。以品牌經營的三個階段來看，這種寫法，通常用在品牌經營的第一和第二階段，也就是品牌的定位期與建構期，以作出市場區隔，並讓消費者喜歡這

個品牌，進而提昇認同度。

以體驗者為核心

　　以體驗者為核心的寫法，先談體驗者，通常是顧客的背景和遭遇，敘述他的體驗過程，進而強調他的感動與忠誠。這種寫法聚焦消費者的體驗過程，因為消費者遭遇問題，透過產品的體驗與發現，進而帶來感動與轉變，帶有情感的渲染力，更帶有故事元素，因此在敘述中會充分凸顯消費者的真實驗證、感動回饋，進而強調品牌的值得信賴，強化品牌與消費者之間的連結，訴求消費者認同，同時藉由這樣的敘述方式傳遞品牌精神與理念。以品牌經營的三個階段來看，這種撰寫方式，通常用在品牌經營的第一或第三階段，也就是品牌定位期與品牌優化期，可能是為了市場區隔，讓更多消費者透過體驗者的分享，進而認識這個品牌，也可能是品牌已經廣為知名，為了塑造良好的企業形象，並強調對消費者的重視，因而採取這種寫法，以提昇消費者的忠誠與信賴。

　　不管採取哪一種寫作策略，都要分析並確立現在是屬於品牌經營的哪一個階段，所撰寫的品牌故事，希望達成怎樣的目的，又希望傳遞怎樣的訊息，要寫給哪些目標受眾看，是消費者、員工，還是投資者，又希望引起他們怎樣的感受，進而下筆，才能寫出最適切，並能達到目的的品牌故事。

產品介紹與品牌故事的不同

　　品牌故事並不是產品介紹，在品牌故事中要傳遞的是品牌價值和企業經營的理念，並不涉及產品賣點的介紹，雖然將產品介紹與品牌故事融合在一起的寫法也是可以的，不過兩者的訴求並不相同，分開陳述，才容易各自發揮作用。以下簡要比較產品介紹與品牌故事的不同。產品介紹要說的是：我們有什麼？目的是為了滿足、提供，或創造需求，進而刺激消費者購買。撰述重點是凸顯產品與眾不同的特色或強調賣點，讓消費者覺得需要，進而購買。但如果是品牌故事，要說的則是：我們是誰，我們是一家怎樣的企業，我們是一個怎樣的品牌？目的是傳遞一種理念和價值，以引起共鳴，進而認同。撰述重點是凸顯品牌形象與經營理念，進而強化消費者的認同和信賴。

　　以吳寶春「雲蛋糕」為例，文案中描述：「嚴選黃金AA級優質蛋，營養Plus+，口感Q軟細緻如雲一般。」[4]針對這款蛋糕的材料與創新之處作陳述，是常見的產品介紹的寫法，強調特色和賣點同時善用形容詞，以引動消費者的好奇心和想要嘗鮮的慾望，進而刺激購買。

　　接著看星巴克的品牌故事，在「關於星巴克」的網頁上描述：「從原產地的一株咖啡樹，最終成為您手中的一杯咖啡；我們堅持

---

[4] 吳寶春「雲蛋糕」介紹，請見網址：https://www.wupaochun.com/products/cloudcake。

採購並且烘焙最高品質的咖啡，這是我們一直努力的基本原則。……1971年星巴克創立於美國西雅圖派克市場，……星巴克的企業使命：啓發並滋潤人們的心靈，在每個人、每一杯、每個社區中皆能體現。」[5]在這段陳述中，完全不介紹任何一項產品，而是將敘述主軸放在星巴克對咖啡品質的堅持與努力，每一個細節都極其重視，進而說明創業與擴大經營規模的過程，同時給出企業的願景、承諾與訴求，以打造豐富卻又獨特的咖啡體驗。這種品牌故事的寫法簡明扼要，從我們是誰、我們要做什麼、我們如何做，再到我們的願景，清楚明確，所以如果要撰寫品牌故事，不管是品牌定位期、品牌建構期，或是品牌優化期，星巴克這種品牌故事的寫法，可以作爲參考。

　　要爲業者量身打造專屬的品牌故事，首先要懂得何謂品牌，進而了解品牌與故事結合所能發揮的影響，掌握如何打造品牌故事的方法，並區分產品介紹與品牌故事的不同，如此，方能寫出最具特色的品牌故事。

⌣ 寫作練習

1. 品牌故事並非無中生有，而是基於品牌的發展歷史，重新統整，確立品牌的自我定位後，選擇最有故事性、最能凸顯亮點的部分來陳述，

---

[5] 星巴克品牌故事，請見網址：https://www.starbucks.com.tw/about/aboutpsc.jspx。

以達到介紹品牌、傳遞品牌價值與企業理念的目的。在撰寫品牌故事之前，觀摩、學習、參考與分析是必要的，請各組同學，收集一個品牌故事，並分析它的寫作方式有何特色。

2. 了解品牌故事的撰寫原則，並了解各品牌的寫作特色後，請任選一間桃米民宿，檢視網頁上的介紹文字，是否能凸顯品牌亮點與價值，並為之修改。

3. 品牌故事可以運用在很多地方，請檢視網頁上有關科系發展、師資、學生表現、活動成果等介紹，為你就讀的科系撰寫一個品牌故事。

當我有一個IDEA
談企劃撰寫

徐秀菁

何謂企劃

　　從意念發想到付諸實踐的過程，需要擬定方針與施行步驟，並運用有限資源，精準考量各種情況，提出應對方法，以達成特定目標，企劃就是因應這樣的目的而產生。因此，要提出一份目標明確、內容清楚，且足以說服他人的企劃，首先要從問題的起源出發，也就是到底為什麼要提出這份企劃，在原有的方案中，是否發現問題或有何不足，針對這樣的問題，可以如何解決，如此才有提出企劃的必要。如果只是徒具創意，或覺得有一些創新的點子，便提出企劃，卻無法回答為什麼要這樣做的理由，就很可能遭到質疑。

　　但我們要如何發現問題？可以透過資料收集，如問卷調查和定點觀察等第一手資料，或是報章雜誌、網站、研究報告等第二手資料，更可以善用SWOT分析法，透過自己與對手之間優勢（Strength）、

劣勢（Weakness）、機會（Opportunity）、威脅（Threat）的準確評估和分析，了解目前發展的困境、潛藏的問題，可以進一步擴展和提昇的可能，進而提出具體的實踐方案，並著手撰擬企劃，秉持實事求是的態度，同時注重結果評估與事後追蹤，方能達成期盼的目標。

企劃構成要件

一份企劃的構成，必須包含以下幾個要件：

1. 「What」：到底要做什麼，又要解決什麼問題，必須清楚明確地掌握企劃目的和目標。比如配合節慶，希望擴大舉辦某一例行活動時，首先要能回答「擴大舉辦的必要性何在」以及「為什麼不能按照往年規模舉辦」，如果無法說出具體原因，企劃就很難具有說服力。

2. 「Who」：企劃由誰來做，執行人員包含哪些成員。因此除了在企劃中列出執行成員的名單，更要說明是否具有專業背景，以及過去成就和執行力如何，以強化企劃通過的可能。

3. 「Whom」：對誰提案。這時不妨善用換位思考，想想看對方需要怎樣的企劃，又希望看到怎樣的企劃。站在投資方，思考的問題通常有幾點，比如：為什麼要投資這份企劃？整份企劃傳遞什麼訊息？又用什麼理由做出承諾和保證，以及提出什麼實質利益和回饋？如果能適時站在對方的角度思考，重新檢視整份企劃的撰寫，並作適度調整，相信更能提出讓對方接受的企劃。

4. 「When」：何時做，也就是企劃的執行時程和進度，必須精準規劃每個階段要完成的事項，列出先後順序。一份完善的企劃，需要有精準的時程規劃，最好列出日期和時間，避免「活動前一週」等含糊的時間，才比較能讓企劃按部就班地施行。

5. 「Where」：在何處做，包含活動地點的挑選和場地規劃。在挑選地點時除了考量周邊環境、距離遠近、租借費用等因素，非挑選這個地方不可的理由，也必須作出說明。如果具有特殊意義，或與活動之間關聯緊密，更可以強調。

6. 「How to do」：如何做。設定企劃目標之後，要如何達成？須詳細規劃執行方式，列出最佳的實行方案。然而，如果遇到大雨或可能的干擾因素，是否有其他替代方案？因此，在企劃中除了提出最佳方案，也應提出備案，以因應可能的變化。當然也可以加入風險評估，構想力求面面俱到，以降低或解除投資者的疑慮。

7. 「How much」：要花多少經費。在推行企劃的過程中，究竟要花多少經費，應有精準的規劃，亦可多方比價，選擇最有利的執行方式。若是補助不足，有哪些管道自籌經費，以取得足夠經費，也可以在企劃中說明。

8. 「Why」：為何如此做。當規劃最佳執行方案後，更要進一步檢視，反問自己：為何是這一方案，只有這種做法嗎，還是有其他的可能？我們又是用什麼理由說服和保證，讓企劃一定可以順利推行？從這樣的角度出發，重新檢視，並加以調整或修正，相信

能讓企劃更完善。

9. 「Whom」：對誰做，也就是活動的訴求對象或是目標客群。不能只是學生、上班族或家庭主婦這樣概括式的類別，還要能精準分析訴求對象或目標客群的性別、年齡層、職業、生活型態，甚至是興趣、喜好等，才是一份為訴求對象或目標客群量身打造，並且獨一無二、切合所需的企劃。

10. 「Effectiveness or Evaluation」：也就是企劃的效果和效益評估，最好是實質、具體和量化的效益評估。有形的，可以用數字呈現，如銷售量、營運將增加幾個百分點；無形的，可以說明有助品牌知名度的建立，提高客戶滿意度，或能帶動怎樣的風潮。在敘述上，盡量使用肯定的語氣，如：「應該有助於提高翻桌率」，就帶有不確定的語氣，可以改為：「一旦讓點餐簡單化、做餐公式化，能將一天四次的翻桌率提高至一天六次」，以強化企劃的說服力。

💬 企劃格式

1. 標題：一個清楚明確，具有創意的標題，往往能在第一時間吸引注意，可因應活動的性質，擬定合適的標題。當然也不妨結合時事或運用諧音技巧，甚至可以嘗試用一句話說出企劃重點，再從中擬定標題。

2. 執行人員：一一列出執行成員的名單，並簡要陳述相關背景，有

助於了解各自專業，以及與企劃的關聯。

3. 提案時間：列出提出企劃的日期和時間。

4. 企劃緣起：說明提出企劃的原因或動機，力求清楚明確，並與企劃目的相關，有助於了解。

5. 企劃目的：說明企劃到底想要做什麼，或解決什麼問題，之所以這麼做的意義和重要性為何，可以使用肯定句，以強調這麼做的好處及影響。如果以A4版面或PPT呈現，一頁放一至二個項目，不要太複雜，較容易傳遞清楚明確的訊息，以方便快速閱讀和掌握。亦可運用不同字體、顏色，強調企劃重點。

6. 工作分配或組織圖：可適時運用條列方式或圖表，有助於快速掌握和了解概況。

7. 競爭優勢或市場區隔：可針對企劃進行市場評估和分析，說明競爭者、整體環境，以及自己的機會（Opportunity）何在，並提出相關資料作為佐證。

8. 執行方式：詳細說明企劃執行的方法、策略、管道或途徑，考量各種可能影響企劃執行的因素，並適時提出備案，以因應可能變化。亦可加入風險評估，以求規劃完善。

9. 經費規劃或預算：經費是企劃執行的關鍵，亦是能否通過提案的重要考量依據，因此必須就各項經費所需，列出明細，以進行經費預估，常用表格呈現，較為明晰。同時要保留彈性空間，以因應實際狀況，隨時調整。

10. 企劃執行時程或進度表：可以運用表格方式，規劃每個階段必須完成的任務和進度，以及執行企劃的先後順序，日期和時間要求精準。

11. 預期效益或結果評估：評估企劃完成時可以達成的效果或效益，可用數字或量化呈現，較為具體。

12. 附件：列出補充資料、市場調查報告，或參考書籍等相關和佐證資料。

以上是企劃常見格式，然而，因應不同性質和情況，同時考量訴求對象，可適時增加或刪減項目，以量身打造專屬的企劃。

⌣ 企劃舉例與檢討

2015年臺大「團隊學習與戶外領導」課程的學生提出登山募款企劃書，卻引起爭議，[1]除了經費規劃不符合實際狀況，最主要的原因在於陳述方式，比如說明到底要做什麼，該企劃書寫道：「登山，不過是團隊學習的眾多形式之一，但對於在臺灣教育環境中成長的我們而言，卻是難能可貴的教育體驗。」[2]這樣的敘述方式不免讓人質

---

[1] 詳見2015年6月25日中央通訊社記者許秩維〈台大學生登山募款惹議 撤計畫致歉〉報導，網址：https://www.cna.com.tw/news/firstnews/201506255012.aspx。

[2] 詳見〈103學年度團隊學習與戶外領導climb for taiwan贊助企劃書〉，網址：https://www.slideshare.net/TingJiunLin/50-49678496。

疑，登山既然只是團隊學習的眾多形式之一，那麼推行這一企劃的必要何在？再者，要說服對方投資時，該企劃書提出的理由是：「我們能向您保證，我們之中的每個人皆懷抱著積極的想法和主動性。我們相信，當我們進入職場、社會後能為周遭環境帶來影響和改變。」[3]以效益評估來看，其實是很抽象而且概括的，最重要的是，這一效益與廠商並無直接關聯，未提出其他更有說服力的理由，當然會遭受批評。可見，在撰擬企劃時，一定要清楚對象是誰，我們是對誰說話，對誰提案，適時換位思考，從對方期待或需要的企劃來作設想，更能突破既有盲點。

　　另外，就學校活動企劃來看，最常遇到的就是企劃目的不知如何撰寫的問題，以下舉兩個例子，比如舉辦「某某小鎮文學營活動」，企劃目的寫道：「因逢某某小鎮於某某節日前夕推出紀念活動，特舉辦古蹟導覽與文學創作結合的營隊，以提昇學生的文學素養。」這種陳述方式不夠明確，究竟文學營與這一節日的關聯是什麼，這個小鎮的特別之處何在，與文學的關聯為何，都未能清楚說明，如果能將這些問題一一釐清，再重新撰述，企劃目的會更明確。

　　又如舉辦「新生宿營活動」，企劃目的寫道：「藉由校園大逃殺遊戲的方式，促進新生與學長姐之間的感情，並有助於認識校園環境。」這時候就要思考：電影《大逃殺》是為了生存而自相殘殺，這

---

[3] 同註2。

和「促進新生與學長姐之間的感情」的活動目的是否相違背？非選擇這個遊戲不可的理由又是什麼？必須要有更清楚詳細的說明，否則就只是爲了活動而活動，而不知意義或目的爲何。

　　企劃寫作並不困難，只要按照企劃構成要件，一步一步構想，並能清楚說明理由，再就企劃格式，選擇合適的呈現方式，就可以將腦中的IDEA化爲具體可行的完善企劃。

💬 企劃撰擬練習

1. 聖誕節將至，請以系上、班上或社團的立場，提出一份聖誕節活動企劃。

2. 請配合學校櫻花祭，以埔里店家的立場，提出櫻花祭相關活動企劃。

眼睛的喜悦
影評寫作教學

陳正芳

　　年少時母親在戲院打工，我常常藉機溜進戲院看電影。烏鴉鴉諾大廳堂的那一片光牆特別引人，光影晃動中人就不自覺溶進牆裡的世界，後來學了電影知道這就是「縫合」，電影的戲劇和影像效果往往讓我們強烈認同劇中的角色（通常是主角），甚至觀影後，會有自我主體短暫消失的情況。藉著電影的悲歡，我們暫時忘記自己的窘困，又或者，電影建構的奇想世界往往可以帶領我們暫別一成不變的乾澀人生。因此，儘管電影含納哲學、美學、文學等多重質性，娛樂性仍是大部分觀眾進入電影院的首要考量。然而，每年電影發行數量以萬計算，單單現今當紅的串流媒體Netflix平均每週發行一部以上的影片，更遑論好萊塢的八大電影公司，以及日本、韓國、印度、歐洲等重要電影輸出國的產能，眾裡尋「他」——一部喜歡的電影，確非易事，若僅靠電影公司的行銷廣告，恐有遺珠或者養成偏食習慣，還不

如廣泛參閱影評。因此，一篇影評佳作不僅是觀影指南，還能帶動票房高低。[1]

🗨 影評是觀影心得的進階版

　　影評以評價電影品質為主，並且需要有足夠的資料和理由來佐證論點，英文為the film review，跟我們平常在觀影後分享的心得不太一樣，觀影心得旨在抒發個人在欣賞電影時的觀察和感受，電影只是一個媒介，並非主體。若是配合課堂主題的要求，從電影找到關聯性，並加以描述，譬如：找出電影特色，或者找出電影的某些鏡頭、對白、人物性格等來論證個人的看法，則是電影報告（screening report）。依據〈電影導讀小冊〉中的舉例：「課堂裡提到了恐怖片的類型慣例（genre conventions），你就可在此指出電影中的這些慣例／特色來，如殘忍殺人魔的角色，情節結構，以及女主角的遭遇處理。」[2]報告中，可引片中場景作為佐證，報告通常不需經營任何論點，重點在於能對影片有所瞭解，並且是否能夠契合課堂所討論的主

---

[1]　除了報刊雜誌上的影評專欄，網路也有影評平臺如：「放映週報」、「釀電影」、「鳴人堂」和「關鍵評論網」的電影評論等可供參考。

[2]　David Bordwell& Kristin Thompson，曾偉禎譯，〈電影導讀小冊〉，《電影藝術：形式與風格》，臺北：美商麥格羅・希爾國際股份有限公司臺灣分公司，2001年，頁9。

題，將之清楚敘述。

　　相較於電影報告較多主觀和個人的看法，影評則需要在提出論點的同時，找到足夠的資料和理由支持，所以寫作的觀點較客觀，對電影的關注也較全面。專業影評的作者一定是電影的愛好者，但是，我以為，透過認真的影評撰寫，也會生發對電影的興趣。電影包括了故事撰寫、表演、美術、服裝、燈光、攝影、音樂、配音、特效等多種專業技術，而電影的製作和發行又涉及商品行銷、企劃管理、跨國合作等屬性，幾乎含括了大學殿堂的各種學門，相信不同科系的專業均能在電影找到連結。比方：林文淇在影評蔡明亮的《天邊一朵雲》寫道：「蔡明亮驚人的想像力與廖本榕絕佳的攝影與燈光，讓卡夫卡的變形記在《天邊》裡有了後現代的臺灣版。」[3]這是從文學專業才有的理解，換成其他專業的閱聽人，大可找到自己的解釋管道。總之，能夠在觀影時投注好奇和專注，輔以相關資料的協助，除了第一層次的觀影心得，還能進階到電影的其他面向，解讀影像內部更多的訊息，或將取得意外的收穫，這就是撰寫影評的樂趣所在。

　　寫作影評首先要看熟電影。電影通常是為大螢幕製作，到電影院觀賞電影才能完整感受電影的效果，但要在電影院反覆重看，或者在暗黑中做筆記，恐怕不是一般人可以做到，或許第二次觀影可以採取影碟或是網路介面。此外，擁有越多電影的觀看經驗，越能寫出好的

---

[3]　見林文淇，《我和電影一國：林文淇影評集》，臺北：書林，2011年，頁144。

影評，因爲電影的創造力永遠是在前人的基礎上更新變化，甚至不少導演會對他所傾慕的導演或電影致敬，電影內部的互文就是影評可以發掘的項目。實際上，電影的主題就如同文學、音樂或其他藝術，總是不斷重複，但是說故事的方法與時俱進，新舊對照更能彰顯一部電影被欣賞的價值。因此，不少影評會出現比較模式，也就是「在寫時也會提到其它類型相似的電影，或主題類似的影片來比較。這些都仰賴影評人熟悉電影史以及各式電影。」[4]

💬 六種寫影評的方法

寫作影評雖沒有一套公式，但有一些基本元素諸如：片名、導演、製片或上映時間和出產國別或公司等應當寫入，同時，透過這些資訊影評人還可以找到下筆的角度。比方2021的《黑寡婦》（*Black Widow*），是由華特迪士尼工作室出品，屬漫威電影系列，故可從其英雄電影的特色談起；《你的名字》（君の名は）則可以從導演新海誠的系列動畫風格來看；改編自傑克‧倫敦的小說──《野性的呼喚》（*The Call of the Wild*, 1903年），中譯名爲《極地守護犬》（2020年）的電影，拜二十一世紀的電影科技所賜，畫面生動扣人心弦，則不妨從製片時間進行影片的分析。萬事起頭難，文章寫作亦同，上述爲影評破題的一些可能，接著將參考Timothy J. Corrigan的

---

[4] 同註2，頁9。

《如何寫影評》，提供進一步的影評方法。

　　《如何寫影評》一書詳述了寫作影評需要的準備功夫，以及從電影術語的解析中增加寫作者在文字上的專業性，其中歸結了六種評寫電影的方法，分別是：電影史、民族電影、類型、作者論、形式主義的種類、意識形態。其實這六種方法應該是我們看電影時均會涉及的聯想層面，以之作為方法，很容易入門。先就電影史來說，這是在影評中加入電影在不同時代的表現異同，或是電影在每個時代的製作條件和與觀眾的關係。洪善群導演在為臺灣電影《阿嬤的夢中情人》撰寫影評時寫到：「1956年，臺灣黑白電影當道及崩落的關鍵年代，資金缺乏、技術人才也不足，從幕前演出到幕後製作，在在採用土法煉鋼，觀眾對乍起的國片也出乎意料的寬容……」[5]適時加入的時代背景，呼應了電影描述1956年在北投的臺灣好萊塢。

　　民族電影的方法就是「從文化和民族性格的角度來討論電影」。如眾所知，電影風格除了由導演建構，文化和民族性格也是一大影響源，侯孝賢的電影深受法國人喜愛，特別是他的長鏡頭美學，充滿了意在言外的悠然，非常契合法國人的文化和思考調性。在Corrigan的書中，他則是舉了一個非洲電影的影評，此處摘錄片段作為參考：「兩個導演不僅都受到西方的影響（例如義大利新現實主義、好萊

---

[5] 洪善群，〈失智阿嬤不忘年少摯愛〉，《基督教論壇報》，2013.2.27-3.1第六版。

塢、拉丁美洲紀錄片、蘇聯蒙太奇），同時也受益於本土口語講故事的技巧」。[6]

　　類型是指根據形式和內容的模式將電影分類，譬如：文藝愛情片、科幻片、戰爭片、西部片、偵探片、奇情片等，若是先判別電影類型，較容易在影評時，根據類型的模式研判該電影是沿襲、部分修正或是反類型來進行觀點的闡釋；甚而較快尋得可以對應、比較，或者驗證的電影片單。

　　作者論雖以導演為主，並不是所有導演的電影都可以作者論之，因為一旦導演受制於製片、編劇和剪接的風格，就失去了「作者論」強調的「藝術獨立性和創造性」，反之，深具主導性及原創概念的導演，就可以作者論的方式來討論。林文淇的影評〈半世紀的傳奇：《灰熊人》與荷索〉，可以做為參考範文，他是以德國導演荷索四十五年來電影主角風格的塑造，解讀荷索在此新作的個人風格和創意，列舉荷索過去作品主角「常有特立獨行向大自然艱鉅挑戰」之後，因此，在評價這部紀錄片時，他可以說：「這也是為甚麼《灰熊人》主要不是一部關於灰熊，而是關於人的動人紀錄片。」[7]

　　形式主義就是從電影的風格和結構去解析一部影片，通常是指敘事、場面調度、鏡頭、構圖、聲音、剪接等技巧性的部分。換句話

---

[6]　見科里根，《如何寫影評》，北京：世界圖書，2015年，頁9。

[7]　同註3，頁245。

說，在形式主義的影評中，可以從一些問題展開思考：哪些是在鏡頭下最有趣或最重要的？鏡頭是如何切入故事或主題？導演掌握最熟練的是場面調度還是攝影機角度？聲音、燈光或攝影機運動如何與故事情節產生互動？這些形式和影片的主題有何關聯？[8]下面段落，就是從電影《湯姆‧瓊斯》的形式找到評論電影的觀點：

> 電影開場採用默片的方式呈現，簡單幾個鏡頭帶出小說第一卷的背景說明。之後，在劇情的鋪陳裡則穿插了多種疏離的電影手法，製造出喜劇的效果。戲裡的人永遠知道鏡頭的存在，有時候會對著鏡頭和觀眾講話。旁白解說劇情也製造疏離的效果。幾次用框框圈住演員的靜止畫面和用帽子蓋住攝影機的鏡頭都取代一景與另一景間的淡出（fet out）。導演湯尼瑞其森（Tony Richarson）擅用關係切（relation shot），簡化冗長的故事情節，也增加視覺的刺激感。[9]

最後，Corrigan指出的意識形態，除了牽涉到跟政治相關的主義或信仰，它也是人類生活和世界觀的基礎。我試著以上個世紀六、七〇年

8　同註6，頁99。

9　見陳正芳，〈閱讀‧旅行‧看電影：《湯姆‧瓊斯》、《金銀島》、《魯賓遜漂流記》〉，《電影欣賞》1998年3、4月92期，頁46。

代火紅的臺灣電影《八百壯士》、《梅花》，或是八〇年代楊德昌的《牯嶺街少年殺人事件》為例，其中的政治意涵非常明顯可感：前兩部講述三〇年代末對日抗戰的艱辛，以及歌頌前線抗敵的民族英雄，具有強化國民政府正面形象的功能；後面一部則是從少年犯罪（個人暴力）暗示當時的戒嚴社會和白色恐怖（國家、社會的集體暴力），凸顯了國民政府的負面形象。然而，一些強調娛樂性的商業電影，並無明顯的社會或政治立場，是不是就無從著墨它的意識形態呢？Corrigan認為這些影片還是會傳遞出「關於個人主義、兩性關係、家庭生活的重要性，關於種族、歐洲歷史等的種種意識形態。」[10]如是，令我想起近些年上映的《天才眼鏡狗》，這是結集科幻、冒險和世界歷史的動畫片，這部電影從狗領養小孩的案例探究平等的核心價值，其實暗藏了一個引人深思的意識形態：人類管理世界的權柄為甚麼會被動物取代？若只用平等來看待人和環境的問題，恐怕會淡忽人對大自然該負起的責任，當然我需要舉證影片中的元素或段落來佐證說法，而這就是影評的任務。

　　上述六種方法可同時採行，總之要能達到對影片品質的評判。通常一篇影評需要簡介劇情，對於影片的正面和負面表現要平衡處理，文字需簡潔，文章開頭要能引人入勝，結尾則要清晰有力，若能善用

[10] 同註6，頁100。

隱喻，可使文章增色。[11]

☺百年之後

　　電影發展至今超過百年，從早期拍攝生活一景的〈火車進站〉到
有劇情的默片；從黑白電影到彩色電影；從只能到電影院觀影到拿起
手機就可以隨時隨地觀影；電影的想像透過科技的發達，幾乎到達無
遠弗屆的地步，觀看電影的我們同時受惠。

　　過去西方人看到華人的武打片，不管是飛簷走壁的輕功，或者
槍砲不入的金鐘罩鐵布衫，都以奇幻視之；近來，我們從《侏儸紀公
園》到《哈利波特》看到更為驚人的奇思異想具象化，彷彿《不可能
的任務》一般，想像力登時化做一個可以無限延展的橡皮人，我們的
世界不再侷限於各種框架。當然除了這種飛天鑽地的快速節奏，有時
候電影會像緩慢的樂章，輕悠的旋律讓我們沉澱自己，反思人生，就
像越裔導演陳英雄的法國電影《愛是永恆》（*Eternity*, 2016），排除
說故事的情節曲折，而是「一連串感受的流動」[12]唯美不含任何雜質
的鏡頭，完全是繪畫的轉生，烘托出生→死亡→出生代代相傳的愛。

　　我們既然看到了種種使我們驚之歎之的電影手法，怎能不昭告親

---

[11] 同註2，頁10。

[12] 參考〈專訪陳英雄導演：新世界的電影視野〉，見網址：https://m.facebook.
com/InkstoneBlog/posts/1208868932490324/。

朋好友，寫影評就是一種「好東西要跟好朋友分享」的概念，嘗試用精準的電影語言[13]描述自己所喜歡的電影，能夠更具說服力。一般影評電影展現的介面已多重擴展，更與我們的日常緊密相關，試著寫寫影評，因為評寫電影也是學習電影的一種方式。

😄 活動練習

1. 有人說「十分鐘看出一部好或壞電影」，也就是說，電影若沒能在開始十分鐘內吸引觀眾的目光，大概不會太好看。當然這不是鐵律，也有前十分鐘非常無聊卻逐步引人入勝的電影，不過不太多。現在請同學用電影開始的十分鐘找出自己喜歡的電影和不喜歡的，並嘗試用一些基礎的電影語言說明理由。

2. 請找到一、兩部電影，再用六種寫影評的方法對應討論，最終分享哪一種或哪兩種方法最適合該部電影的評論和分析。

---

[13] 此處電影語言包含了攝影機運動、蒙太奇（剪接）、空鏡頭、閃回、分割畫面等語。一般電影討論的書，後面都有附錄可供參考。

廣告金句

陳冠妤

💬 何謂廣告

　　廣告即是廣而告知，以告知、說服、提醒三大功能與消費者溝通[1]，成功的廣告詞洞察消費者心理，迎合消費市場需求，使人留下鮮明印象。廣告藉由簡潔文字陳述商品功能或是傳達企業精神理念，琅琅上口的廣告詞提供辨識（recognition）與回憶（recall）[2]，增進消費者對商品訊息的認知與記憶聯結，建立起消費者對品牌的信賴與企業形象，以達推廣與銷售的目的。

---

[1]　Charles W. Lamb，Joseph F. Hair，Carl McDaniel著、郭建中譯，《行銷學》（臺北：揚智文化事業股份有限公司，2000年）。

[2]　Kevin Lane Keller.1993. "Conceptualizing, Measuring, and Managing Customer-Based Brand Equity". Journal Of Marketing, Vol.57,pp.1-22.Sharmistha Law&Kathryn A. Braun. 2000. "I'll have what she's having: Gauging the impact of product placements on viewers". Psychology & Marketing, 17(12), pp.1059-1075.

💬 廣告文辭特色

　　廣告最常使用諧音、雙關或是押韻，運用文字對應商品訴求，令人心領神會，幽默的廣告詞令人莞爾一笑，也更能提昇商品的認知度。

　　南山人壽「好險，有南山！」（南山人壽，2007年）一方面點出幸好緊急情況下有南山保險，一方面用「好險」意指這是一份很好的保險。合泰產險則以「做好準備 有事無恐（有恃無恐）」（合泰產險，2019），簡明點出保險的重要。小心點兒拉麵丸「給我小心點兒」（統一小心點兒拉麵丸，2001年）將提醒他人做事應該「小心點」與產品名稱結合，創造產品的個性。家樂福中元節廣告「一年一Do，平安普渡」（家樂福，2019年），以普「渡」與「DO」諧音，也暗示消費者應該有所行動。優酪乳「保胃 你的正腸生活」（統一AB優酪乳，2017年）以「保胃（衛）」、「正腸（常）」，諧音「胃」、「腸」，又直指商品效用。韋恩咖啡「強力脫睏」（黑松企業，2023年），指出雙倍濃烈的產品能更有力的解除「睏」意，脫離睡意帶來的「困」境。

　　3M去汙劑「管它什麼垢 一瓶就夠」（3M魔利萬用去汙劑，2010年），以「垢、夠」同音字尾押韻，加深消費者對其功能萬用的印象。中華電信mPro方案「不在辦公室，也能辦公事」（中華電信行動通信mPro，2007年）、「不只辦公事，掌握更多事」（中華

電信行動通信mPro，2010年），也是兩則同音字尾押韻的廣告詞，順口好記的同時也宣達了產品的方便實用。蝦皮情人節檔期與臺北霞海城隍廟、交友軟體Paktor合作，打出「今天下單，明天脫單」口號（蝦皮購物，2020年），將購物結果附上美好想望。臺灣Pay行動支付「臺灣Pay 跟臺灣人最Pay（配）」（臺灣Pay，2020年）、「臺灣人94要用臺灣Pay」（臺灣Pay，2019年），試圖在多種行動支付中讓使用族群產生記憶點。

　　廣告中出現外來語已十分常見，使用台語的也不少，「係金A！」（紐西蘭金色奇異果，2003年）、「肝苦誰人知」（白蘭氏五味子芝麻錠，2006年）都是大家耳熟能詳的廣告詞。

　　著重刻畫使用者行為，以感性方式帶出商品特質，也是頗能打動人心加深印象的方式。中華電信國際電話廣告片中不擅言詞的父親給遠在美國就學的孩子打電話，看似閒話家常的句句問候中，最想說的一句「好想你」卻一直說不出口，片尾帶出廣告詞：「每一句話 都是思念」（中華電信009國際電話，2013年），藉由描寫打電話傳遞思念，替商品增添溫暖情感。桂冠食品「愛 每天都需要加溫」（桂冠輕鬆生活系列，2012年），讓冷冰冰的冷凍食品化身為讓戀情加溫的利器，也為品牌注入溫馨形象。信義房屋「信任，帶來新幸福」（信義房屋，2008年），訴說找到理想住所的快樂，也傳遞因注重客戶需求而值得信賴的企業理念。

　　在廣告標語中直接帶入企業名稱是極具效益的作法，宣達企業理

念的同時也打響企業知名度，例如：「全家就是你家」（全家便利商店，2003、2005年）、「有7-ELEVEN真好」（統一超商，1991年）與「Always Open7-ELEVEN」（統一超商，2007年）、「越是簡單，悅氏不簡單」（悅氏礦泉水，2012、2013年）、「只有遠傳，沒有距離」（遠傳電信，2000年）、「全國電子足感心ㄟ」（全國電子，2006年）等，都以清楚簡明的文句對企業做出定位，懇切召喚消費者的到來。2004年肯德基的一則廣告，懇親日上新兵期盼著親人到來，父母帶來了最愛的炸雞，他滿心歡喜咬下卻發現不是肯德基，於是躺在地上踢著腳翻滾哭喊：「這不是肯德基！這不是肯德基！」（肯德基，2004年）有趣的創意發想，強調一定、就是、非得要肯德基不可，創造許多話題並常被沿用或改編，成功讓品牌再次受到大眾關注。

2020年起外送平臺Uber Eats邀來多組明星拍攝廣告，一句「今晚，我想來點……」（Uber Eats，2020年）搭配門鈴「叮咚」響起，外送人員將美食立即送上門的畫面，藉由廣告頻繁的播放，將這句台詞與品牌強烈綁定在一起，「來點……」的「點」，又暗示「點餐」的「點」，讓消費者不記得也難，然而由於不停在電視及影音平臺播放廣告，也引起部分消費者反感。

廣告圖文符碼

廣告也是社會的語言，凡是語言必定隱含著文化的密碼，而廣告

使用的圖片影像與聲音文字也帶有許多符號與象徵。譬如主打功能為「油切」、「分解油脂」的飲品，廣告主角多為身材曼妙的女性；美白、美膚產品的廣告女主角肌膚吹彈可破、白嫩勝雪，給人使用產品即能達到相同效果的聯想。美膚、美體相關的廣告，常以美麗窈窕的女子為主角，是因為女性較為重視外貌還是社會上對於女性外貌體型的要求更高？

在臺灣，冰箱、洗衣機、吸塵器、清潔劑（洗衣、洗碗、掃除）的廣告中，大多以女性為主角，可見預設擔任家庭事務主要者是女性，尤其是尿布廣告，大多都是媽媽與寶寶的親密畫面，近來有尿布廠商邀請男歌手拍攝廣告，改變以往以女性照顧者為主角的敘事方式，展現男性也十分善於育兒的一面。

頂好超市曾推出「女人說好，才算頂好」（Wellcome頂好超市，2009年）的廣告語，廣告片中婆婆對媳婦的稱讚，可見預設女性為主要消費族群。全聯福利中心推出「周三家庭日，爸爸回家做晚飯」（全聯福利中心，2014年）的廣告，由全聯先生與男性藝人使用自家商品拍攝烹飪短片，廣告詞有號召男性多回家下廚的意圖，看似性別平等，其實仍帶有刻板印象，亦或許預設的讀者其實是女性，這種號召其實只是說出女性的心聲。

臺灣兩大藥酒三洋維士比「啊！福氣啦！」（三洋維士比，1996年）與保力達B「明天的氣力　保力達B」（保力達，2010年）兩句廣告詞早已深植人心，從廣告的場景（工廠、工地、農地、漁港

等）與角色人物清楚可見主要消費族群為各行業的體力勞動者，廣告片也多以台語發音，傳達草根鄉土、勤奮打拼的精神。

廣告訴說未來，提供我們想像擁有商品後出現的令人羨慕的改變[3]，激發購買欲望。菱利「用起家車 砌一間厝」（菱利／中華汽車，2016年），訴說以車子為生財工具，讓人能成功致富進而買下起家厝的美好願景。BMW X6豪華休旅跑車「我俯瞰 你仰望」（BMW X6，2015年）的廣告中，男主角穿著皮衣打扮休閒，場景在豪宅、泳池派對、海濱公路、私人直升機、馬術俱樂部中轉換，展現居高臨下，高人一等的氣派，切合廣告標語。此外，威士忌、雪茄、精品手錶廣告常以打扮雅痞、西裝筆挺、事業有成的男士形象為主角，傳達使用者日常生活的高貴精緻，暗示購買者亦能擁有相同圖景。

廣告會反射出社會的刻板印象，但也會重新定義某些價值觀念，甚至創造新的流行文化。全聯中元節系列廣告，讓原屬於好兄弟的陰森印象與嚴肅禁忌翻轉為有溫度可交流的對話者，打破可怕的鬼怪面目，讓人省思普渡的意義。其他量販店也接連跟進，推出多元化的中元節「鬼」廣告，從各種角度宣達這一年一度的民間信仰與大採購。

全聯福利中心這幾年逐漸將主打的「省錢、實用」訴求包裝成一種生活態度。2015年推出「全聯經濟美學」一系列廣告，採用雜誌

---

[3] 約翰·伯格（John Beger）著、吳莉君譯，《觀看的方式》（臺北：麥田出版社，2005年），頁156-173。

街拍風格，以穿搭各具風格的年輕人爲主角，畫面各處巧妙安置全聯購物袋，搭配廣告詞，將「省錢」等於「小氣、吝嗇」的刻板印象藉由人物場景轉譯成「把錢花得漂亮、時尚」（全聯福利中心，2015年）的美學品味，省下來的錢可以花在旅遊、打扮、追求夢想等自己感興趣的事物上，讓年輕人也敢自在討論省錢話題，企求在不景氣與低薪的社會情境中吸引消費者目光，擴展年輕族群客層的策略也十分明顯。

⌇ 廣告與民生時事

　　廣告宣達的都與生活相關，所以廣告非常能夠反映當下的時空背景，有時是結合時事擊中消費者需求，有時是藉由熱門話題吸引消費者目光，有時則是意圖洞察商品所鎖定的消費者年齡層的生活形態。

　　自2010年起臺灣接連發生食安問題，在食安風暴的當下黑橋牌以一句「用好心腸做好香腸」（黑橋牌香腸，2011年）切中要害，成功吸引不安的消費者，同時樹立起品牌形象。2019年全球受到COVID-19疫情衝擊，面臨疫情帶來的生活變化，泰山純水推出「煮沸過蓋安心」（泰山企業，2020年）廣告，強調產品經高溫煮沸可安心飲用，並展示瓶蓋轉開後仍連結於瓶身上的巧思乃源於考量大眾戴口罩的不便，因而想出可一手拉下口罩一手持瓶飲水的設計，不必擔心瓶蓋掉落沾染細菌病毒或是瓶蓋遺失。7-ELEVEN「就近買 安心吃／喝」（統一超商，2020年）除了符合企業原本便捷的訴求，

也與民眾在防疫期間出門購物不願離家太遠的心理需求切合。2021
年，臺灣因COVID-19疫情嚴峻進入三級警戒時，全聯福利中心推出
「全聯宅經濟美學」廣告（全聯福利中心，2021年）[4]，影片呈現全
民在家防疫的種種情景，例如：省去通勤時間可好好吃頓早餐、父母
在家帶小孩陪玩、餐餐自己下廚、出門時全副裝備套上塑膠袋等，在
不經意中刻意置入全聯購物袋的鏡頭，達到行銷效果，也引起大眾共
鳴。

Yahoo網路行銷推出「行銷的十二道陰影」廣告，搭上2015年話
題電影「格雷的五十道陰影」。2021年學測作文題目「如果我有一
座新冰箱」引發熱議，家樂福順勢在臉書推出相仿的廣告文案[5]，雖
然語句冗長，不過仍吸引眾多消費者關注。

波蜜果菜汁針對「三餐老是在外，人人叫我老外」（波蜜果菜
汁／久津實業，2003年）的外食族提出「青菜底呷啦」（波蜜果菜
汁／久津實業，2007年）的廣告詞，使消費者產生只要喝下果菜汁
就等同於攝取到青菜的聯想，這也反應出由於外食的比例越來越高，
生活中常出現蔬果攝取不足的狀況。自「均衡一下」到「青菜底呷
啦」，波蜜果菜汁的廣告越來越活潑直接，2019年廣告詞「年輕人

---

[4] 全聯福利中心PX Channel頻道。網址https://www.youtube.com/watch?v=kf_
iEqouleQ。檢索日期：2023年8月4日。

[5] 家樂福Carrefour臉書。網址https://www.facebook.com/carrefour.tw/
posts/3792570324123970/。檢索日期：2023年8月2日。

不怕菜，就怕不吃菜」（波蜜果菜汁／久津實業，2019年）明顯鎖定以年輕族群爲主要行銷對象。2019年推出的「年輕人篇」[6]廣告，畫面有人拿著一把菜葉，左一下、右一下不停拍打少年臉龐，少年後方鳳梨、蘋果、紅蘿蔔等蔬果隨著菜葉一同飛過，打人舉動令人狐疑，原來這則廣告訴求「一定要打到年輕人」，文字的雙關語頓時轉化成令人印象深刻的畫面。接著，同年的「中元節篇」[7]，畫面中的少年卻時而出現，時而轉爲透明，讓人打不到，原來這次打的是「好兄弟」，從「打得到」到「打不到」，創意發想讓兩支影片觀看次數總計超過百萬，也引起年輕世代熱議。

隨著健康意識抬頭，食品廣告也透露出許多現代人的憂慮與疾患。鹼性離子水「鹼去你生活的酸」（統一PH9.0鹼性離子水，2019年）將酸鹼平衡概念轉化成削減生活的心酸與辛酸。五味子芝麻錠從「肝苦誰人知」到「肝不累 才能輕鬆PLAY」（白蘭氏五味子芝麻錠，2014年），番茄汁「沒有人魚線 也要顧好你的攝護腺」（愛之味鮮採番茄汁，2014年），豆漿「每一天，都要來點陽光」（統一

---

[6] 波蜜果菜汁BOMYTV 頻道。網址：https://www.youtube.com/watch?v=GV_9R
5ykvdU&list=PLsrIfkXGp4yqTnV1gMoh8F-LRSdtPPrYX&index=3。檢索日期：
2023年8月2日。

[7] 波蜜果菜汁BOMYTV 頻道。網址：https://www.youtube.com/watch?v=WZls-
8fZAEo&list=PLsrIfkXGp4yqTnV1gMoh8F-LRSdtPPrYX&index=7。檢索日期：
2023年8月2日。

陽光豆漿，2017年），除了點出產品名稱，更藉由「陽光」帶來溫暖希望。這些廣告語句透露出現代人生活忙碌，擔憂壓力對健康與體態造成不良影響，以及無奈、無力與想要受到鼓舞的心聲。

也有越來越多企業在廣告中展現生活態度，為企業再次定位。像是雄獅文具2007年：「想像力是你的超能力」，點出天馬行空的創造力是難能可貴的。黑松沙士2014、2015年：「不放手，直到夢想到手」、2018年「敢傻 就是我的本事」，傳遞永不放棄的堅持。中華電信2014年在4G甫上線時，向來強調快速與革新的電信公司卻逆向操作，讓廣告在緩慢的步調中展開，日式老宅中老唱盤機播出歌曲彷彿倒回舊時光，男主角慢條斯理的梳理頭髮、扣上衣扣，敲擊打字機，用鋼筆書寫，用撥盤式電話撥轉一個號碼後等著撥盤倒回再接著撥轉下一個號碼。接著燒水煮茶，品茶觀雨。最後男主角冒雨出門時說出：「身體，往前衝刺，嚮往，卻開始回頭。」緊接著帶出廣告詞：「世界越快 心 則慢」（中華電信，2014年），廣告點出了事事求快，講求效率的時代即將來臨，慢活的悠閒自得在平衡快慢的步調中讓人更多一份從容不迫，也讓企業形象多了一份文雅與關懷。

結語

陳勝光認為「廣告資訊或稱廣告文本，是信源對某一種觀念或思想進行編碼的結果，是對觀念或思想的符號創造，是廣告傳播的核心。每條廣告資訊都包含著符號的能指和所指，即內容（說什麼）和

表現形式（怎麼說）構成了內涵豐富的廣告資訊。」[8]廣告在極短的時間內讓人發笑，讓人感動，讓人產生共鳴，興起購買意願甚至認同品牌形象與訴求，能夠觸動人心的廣告從文字到畫面實則經過諸多考量。現代的廣告，除了行銷商品的價值之外，能夠與時事結合，提供話題性或是新鮮感，或是帶出商品質感與品牌特性的廣告往往更能勝出。

◌⃜ 廣告時間（書寫活動）

1. 請選定一個節日，並擬定一家廠商或品牌。假設你身為這家廠商或是品牌的廣告設計人員，當這個節日來臨前，你會提出怎樣的廣告圖文呢？
2. 請任選一項產品自由發想，完成分鏡表，為這個產品設計一則廣告短片。

---

[8] 陳勝光，《關於廣告學的100個故事》（臺北：宇河文化出版有限公司，2008年），頁24。

分鏡表

場次 / 鏡頭	分鏡畫面	字幕 / 畫面說明	配樂 / 特效說明	秒數

電子郵件、社交軟體的禮儀與撰寫

陳建銘

💬 電子郵件

　　網路大航海時代為人類生活帶來鉅變，新潮舊浪，迭代不已，電子郵件（electronic mail, email or e-mail）逐漸代替了書信等傳統聯繫方式。自從一九七〇年代問世後，[1] 舉凡政府機關、學校、一般企業，親友間的人際往來，無不大量依賴它來傳遞、交換訊息。儘管相關工具日新月異，電子郵件因其便捷、聯絡時間具備彈性而不失正式的特質，始終屹立不搖，依舊是人們日常溝通的主流媒介。

　　或許是使用上太過簡易，一切都在幾次彈指中完成，少了些深思熟慮的時間與距離，一直以來，關於撰寫者「不懂電子郵件禮儀」的抱怨未曾斷絕。一封寫壞了的e-mail，不但難以完整傳達訊息，甚至

---

[1] Doug Aamoth: "The Man Who Invented Email", Times, Nov. 2015.（網址：https://techland.time.com/2011/11/15/the-man-who-invented-email/）

可能適得其反，滋生雙方不必要的誤解。這項我們「日用而不知」的工具，由外而內，都有細節可談。

主旨

首先是主旨（subject）。電子郵件主旨宜簡潔而明確，太過簡化乃至於「（無主旨）」，乍看莫名其妙，也不利收信者回顧、整理；字數若太多，閱信時又難以吸收重點，這些都會降低溝通效率。舉例而言，一封心懷歉意的請假電郵，如果主旨為「不好意思」，在訊息爆炸的郵箱中即不顯眼，「請假」相對好一些，資訊仍嫌不足，失之於略。「老師不好意思我是○○○因為某些緣故必須向您請假」則失之於繁，資訊也不夠明確。盡量將字數控制在10個字內，提綱挈領，如「○○課請假事宜」，詳情留給內文交待，或許會是比較好的選擇。

稱謂

相較於即時通訊，電子郵件仍保持了相對正式的書信型態。現代人已無須講究古典尺牘的繁文縟節，但電郵開頭的名字或職稱，保持了一封信的基本格局，也維繫著發信人的禮節。一般公務往來，稱呼職稱（「老師」）時，可冠上姓或名，如「○老師」、「○○主任」，惟不宜連名帶姓，以示尊敬。有些人習慣將「問候語」（如

「○校長，您好」）放在稱呼後，或者放在內文中，似都無妨。稱呼後加上冒號，再開始正文寫作。

有時收信的一方姓名未詳（如致函某刊物），可先稱呼某對應職位（如「編輯先生」），相當於英文的Dear [Department / Position]。收信人職位不詳，或人數不一時，可考慮使用「敬啓者」，[2]功能略如英文的To Whom it May Concern。

正文

正文說明事由，第一謹記要訊息清晰，必須突出「身份」、「目的」、「詳情」或「理由」。對於不熟悉的收件方，尤其是未曾有過書信往來者，首先應該表明自己是誰（「我是○○系的○○○」、「我是修習○○課的○○○」），其次再說明來信的目的，無論是詢問各項資訊、告假、請求協助等，以一、兩句完成，簡明扼要，方具效率。

開門見山之後，補充敘述相關的詳情、理由。電郵寫作，牽涉基本寫作能力，要求通順，講究邏輯，需能組織句與句之間的因果關係，避免前言不對後語。例如：

---

[2] 古代用法中，敬啓者為啓事敬辭，置於稱謂、提稱語之後，作為陳述事情之發端（如「○○老師函丈敬啓者」），惟現代公文寫作中，似被混用為對象不詳時的稱謂。

「因為身體突然不適，今天下午的○○課希望能跟老師請假，十分不好意思。如蒙允許，本週課程內容或相關安排，我會再詢問同學，補上進度，謝謝！」

關於行文時的用字遣詞，有一點應特別注意。電子郵件並非當面溝通，說話者的語義、情緒未必能傳遞完整，最好適度斟酌。又，網際網路無遠弗屆，電郵寄出，難以收回，內容總以細細斟酌為上策。[3]

寫作細節上，除了基本的忌錯別字，亦忌「火星文」，包括諧音擬字、「注音文」、「顏文字」等。這類次文化衍生物於同人間私下使用，固有其功能與趣味，但在正式電郵往來中，其區分我群及他群之特性，反而會帶來溝通的隔閡。再者，如果書信往來是為了某個重要事件（譬如查詢成績、詢問求職結果），也顯得自己不夠嚴肅以待，一派輕鬆，也可能導致反效果。

最後，應避免過度編輯：字體忽大忽小、閃爍、色彩過度鮮豔等造成閱讀障礙的效果。假使行有餘力，亦應矯正格式標點錯亂症，

---

[3] 網路剛在臺灣發展之初，論者就已有接近恐嚇式的警告：「以免他日落人笑柄。」見梁朝雲：〈電子郵件的禮儀與規範〉，《臺北市立圖書館館訊》第14卷1期（1996年9月），頁73-86。梁文發表於1996年，兩年前，國內第一條國際網路商用資訊高速公路HiNet才正式通車。參財團法人臺灣網路資訊中心：〈臺灣網路發展大事記總表（1985-2014）〉，網址：http://www.myhome.net.tw/timeline/images/internet_timeline02.pdf。

包括：學習適時分段；不宜全無標點，亦不宜一逗到底；在中英文語境裡切換使用全形、半形符號；下標點宜節制（革除「！！！」、「？？？」、「○○……○○……」）等惡習。

　　總而言之，「見字如見人」，上述種種，看似繁瑣，其實熟能生巧，它們的存在更非無謂──這一切無非表示尊重對方，也尊重寫信的自己。

問候與署名

　　電子郵件的書寫雖然力求簡明，避免冗長，但正文結束後適時加上禮貌的問候，會讓收信者對你的印象加分不少（即使是最簡單的「敬祝 安好」）。

　　最後是署名。「告訴對方你是誰」，是個看似簡單卻最容易被遺忘的關鍵動作，如果正文中，你沒有來得及表明身份，雙方又不曾以電郵往來，一旦忘記署名，一封精心書寫的e-mail，將因作者不詳而前功盡棄，豈不可惜！落款前後加上「通訊人雙方關係」及「末啓詞」，看似多此一舉，有時卻是禮多人不怪。（「學生 ○○ 敬上」）

　　又，日後有了工作，公、商務電郵往來，還可以考慮於信件最末附上簽名檔或電子名片，以表正式。總行數一般控制於三行左右，至少應標明所屬單位、職稱、姓名（如有需要，並請附上英譯）。

附件

　　如果沒有統一規定，附件檔案名稱也應加上簡明標示（如「△△課期中作業一○○○」），以表眉目，方便對方下載後查找、整理。另外，以國內大專院校常合作的Google信箱爲例，大小超出20MB的檔案，系統會以雲端硬碟連結的形式傳送檔案，假使有著作權或隱私疑慮，則應當愼選共享權限（權限由輕到重，分別爲「查看」、「註解」、「編輯」）。

關於隱私問題

　　承上所述，如果有著作權、隱私等方面的疑慮，也要謹愼使用電子郵件的「複本」（CC, Carbon Copy）功能。「複本」可以一次轉寄、引用信件發給送多人，但這便利的功能，也暗藏著暴露訊息的風險，使用時要謹愼挑選傳送對象。如果某些信件內容較爲敏感，又有必須轉寄第三方的迫切性，則可善用較爲隱密的「密件複本」（BCC, Blind carbon copy）功能。

　　致力保護個人隱私的同時，相對而言，作爲收件人也要將心比心。根據學者調查，教授與學生之間通電郵，最感困擾的情況即是「未經同意，擅自將信件內容轉寄或公布給第三者」。[4]如有相關需

4　尹玫君：〈大學教授和研究生使用電子郵件互動及禮儀之探究〉，《中正教育研究》第14卷第2期（2015年12月），頁1-42。

要，一定要徵求原作者的同意，以免擅自公開後破壞彼此關係，甚至誤觸法網。

關於後續反應

　　當你收到一封正式的信件，譬如某機構、某單位的來函通知，以及關乎公、商務的種種訊息，都應避免「已讀不回」，以免再三往覆確認，曠日廢時。對於一名大學生而言，學校每天來信都不算少，而且好像都「關乎公務」，該如何分辨、處理？一言以蔽之，曾有大學教師提及，只要來信方不是透過系統發群組信件，而是單獨寄信給你，至少都應簡單回覆，讓對方知道你已收到信。如果不了解信件的內容，也該進一步詢問，而非置之不理。[5]以此類推，同學當能舉一反三。

⌯ 社交軟體

　　根據「網路資訊中心」（TWNIC）發表的「2020臺灣網路調查」，國內通訊軟體的使用率高達95.6%，社群網站使用率也有

---

[5] 陳巧玲：〈老師，您為什麼已讀不回：電子郵件禮節〉，《臺灣大學寫作教學中心電子報》第23期（2016年12月），網址：https://epaper.ntu.edu.tw/view.php?listid=245&id=25401。

80.1%，亞洲地區中，臺灣社群媒體使用率爲最![6]換句話說，十個臺灣人中有超過九人透過app對話，超過八名習慣在網路上留下生活足跡，相互窺探。身爲網路大國的榮耀公民，我們眞的注意到潛在的基本禮儀原則了嗎？

即時通訊（IM, Instant massages） 軟體（如Line、Skype、Telegram、WeChat、WhatsApp等）

　　如何當一個合格的通訊軟體用戶？不少雜誌文章都曾耳提面命，「這7條注意不要犯」，[7]「8大常見地雷」，[8]看來大同小異——也許因爲我們總是在重蹈覆轍？那些較常被提及、顯然「世人皆欲殺」的問題大致如下：

1. 已讀不回或許是最常見的通訊軟體地雷。在對話未完的情況下，遲遲未回，讓人一顆心懸在半空中。一個簡單的回覆，通知對方你已接收到了訊息，是網路世界最基本的禮儀。顧名思義，「即

[6]　詳細調查内容請見https://report.twnic.tw/2020/。

[7]　丁菱娟：〈學校沒教的「通訊軟體禮貌守則」，這7條注意不要犯〉，《獨立評論@天下》，2019年2月22日，網址：https://opinion.cw.com.tw/blog/profile/440/article/7779。

[8]　陳麗卿：〈幫專業加分的Line技巧〉一段話分好幾次傳、半夜傳訊都很失禮...8大常見通訊軟體地雷〉，《商業週刊》，2018年1月3日，網址：https://www.businessweekly.com.tw/careers/blog/21608。

時」通訊軟體的交談是即時（實時，real-time）的，漫長的等待令人焦慮，多生猜疑。不過也別忘了，應給予適當的時間、空間讓「已讀」一方思索並回覆，過份催促，可能適得其反。

2. 夜半手機聲響十分惱人。深夜或凌晨通常是人們的休息時間，若非十萬火急，應當避免此時傳訊，擾人清夢。如果是公、商務往來，選擇在上班時間聯繫爲宜。

3. 群組中，最好避開爭議性議題。某些敏感話題，譬如政治與宗教，千百年來一直是引發爭端的導火線。在群組中侃侃而談，試圖感化人間之前，最好確認過雙方有一定的默契。不然的話，歷史早已證明，貿然丟出類似話題，總會以戰爭收場。

4. 爲何不選擇私訊？一個群組的成立，通常是爲了向大多數人傳遞消息。兩個人在群組中你來我往的對話，旁若無人，不免有失禮貌。這種情況下不妨使用私訊，以免打擾到其他使用者。

5. 「早安圖」與假新聞。雖然一般來說較常從長輩一方傳來，但惹人厭倦的原理值得警惕：前者的疲勞轟炸，讓人感覺不到誠意，後者唯恐天下不亂，徒然造成恐慌，一樣浪費彼此時間與心力。

此外還需注意，同樣屬於線上聯繫，通訊軟體的「正式」程度畢竟不及電子郵件。在學校中，如果有學業等方面的查詢、請求，並不建議透過Line等相關軟體。而這一項聯繫方式並非蛇足，或許可以作爲輔助。譬如發送一封正式的電子郵件後，若遲遲等不到回音，或有時間壓力的情況下，再考慮以通訊軟體及時詢問。

在職場上，相關作爲更須謹慎以對。「用LINE請假惹惱主管遭逼離職」曾經鬧得沸沸揚揚。[9]隨著通訊軟體普及，相關法規也越來越健全。如今，勞工只要說明清楚「請假的理由」、「假別」、「時間」，就能使用通訊軟體請假，雇主也應同意給假。但如果對方一直「未讀未回」，請假者仍選擇缺席工作，此一情況即構成曠職。[10]在那樣的情況下，最具即時性、互動性的一通電話，或許才是最佳選擇。

社交網站（SNS, Social Network Service），如Facebook、Instagram、TikTok、Twitter

以交友爲目的的社交網站，似乎是一個寬廣自由、能讓人揮灑自我的所在。要注意的是，它的公開性比電郵、傳訊來得更高，一言一行，更須謹慎。相關單位公布的指導原則，不外乎友善、寬容、尊重；而漫罵、嘲諷或污辱他人的不雅言詞，則有觸犯「公然侮辱罪」的危險。[11]

---

[9] 呂振成：〈用LINE請假惹惱主管 遭逼離職〉，《TVBS News》，2013年5月16日，網址：https://news.tvbs.com.tw/local/213358。

[10] 另外，若該單位有規定的請假流程，勞工亦應於事後補上假單，程序才算完成。參見邱琮皓：〈未讀未回變曠職！用Line請假要注意這3點〉，《工商時報》2020年9月17日，網址https://ctee.com.tw/news/policy/336875.html。

[11] 不著撰人：〈網路禮儀基本原則〉，《教育部全民資安素養網》，2017年11月30

這一類平臺多有「追蹤好友」、「邀請好友」等相關功能。如同現實中的邂逅相遇，對陌生人伸出了友誼之手，卻不發一語，豈不尷尬？下次按下「追蹤」或「邀請」時，別忘了附上一段自我介紹。那除了是禮貌的表現外，根據觀察，也能讓對方更容易與你產生共鳴！[12]

💬 寫作練習

1.

【2021春季健行——春健17走 健康更長久】

國立暨南國際大學（以下簡稱本校）於110年3月31日（星期三）下午2時起，於本校大草原進行一年一度的盛大健行活動，今（110）年已邁向第17年，每年在這天除暨大同學參加健行外，更會有畢業的暨大校友、埔里地區的在地民眾一同到暨大共襄盛舉，不僅僅是學校的教職員生，連同社區民眾也能踴躍參與，一同親近大自然，換上運動服一起漫步在暨大充滿芬多精的綠色大學校園內。

日，網址：https://isafe.moe.edu.tw/article/1957?user_type=4&topic=6。

[12] 侯智薰：〈送出好友邀請時也寄個訊息自我介紹，是臉書時代的基本禮儀〉，《The News Lens 關鍵評論》，2016年1月29日，網址：https://www.thenewslens.com/article/35403。

請試著撰寫一封email，向當天下午的某個課堂的老師請假。注意須包含簡明之標題，及「人、事、時、地」等詳細資訊。

2. 你所屬的科系打算舉辦一場演講，延請相關領域之專家，就職場種種與同學作經驗分享。請設定某位講者，試擬定一封簡短之邀請函（以email方式呈現，須包括上述所及之各項資訊）。

3. 對你而言，何者是最令人困擾的**即時通訊軟體**使用「地雷」？試舉出三種，並說明如何因應或防範。

4. 對你而言，何者是最令人困擾的**社交網站**使用「地雷」？試舉出三種，並說明如何因應或防範。

社群小編書寫觀察

陳美蘭

💬 「網路版的超商店員」—— 小編

身處3C、網路普及的二十一世紀，網路平臺儼然成為全球傳遞交流訊息的主要管道。近年來，隨著各種即時社交軟體興起——以臺灣民眾較常使用的YouTube、Facebook、LINE、Instagram等軟體為例，從個人、公司行號乃至政府單位都有大量的用戶，其中更是不乏同時使用多種軟體者。在資訊如此巨量錯雜的網路時代，眾聲喧嘩，各行各業如何迅速吸引讀者的目光，小編成了不可或缺的靈魂人物。

小編是近年的新興職稱，在各種人力銀行的職缺欄輸入「小編」，至少有數百筆工作機會，徵才的職場範圍五花八門，如政府各級部門、新聞媒體、出版文化事業、科技、金融、百貨、飲食……等，不論公私立單位都有需求。讀者多半只能從網頁看到小編展示的成果：文字書寫或圖像設計，至於小編真正的工作性質、能力需求等，一般人是陌生的。我們只要在搜尋引擎（以GOOGLE為例）查詢「小編」一詞，便出現各種有關小編知識的網站，如：

〈小編是什麼？該做什麼？教你如何當個全能網路小編〉[1]
〈社群小編的日常工作與必備的 5 大能力〉[2]
〈經營社群的小編必須要會的十大技能〉[3]
〈大家都在找的社群小編要會多少技能？〉[4]
〈小編能做一輩子嗎？談談社群小編的生涯規劃〉[5]

綜觀各種小編教戰手冊，下面這段話大抵是小編之職的傳神寫照：

一位稱職的「全能小編」就像是網路版的超商店員，除了
24小時隨時待命之外（即便下班後也養成關注社群消息的
習慣），必須要十八般武藝樣樣精通，對小編來說社群就如
同自己的一部分，在上面灌注了自己的心血與熱情。[6]

所謂「全能小編」所須具備的技能如：[7]

---

[1] 網址：https://reurl.cc/r5jrRr。檢索日期：2023年8月2日。
[2] 網址：https://reurl.cc/nDjrO6。檢索日期：2023年8月2日。
[3] 網址：https://reurl.cc/dDjLeg。檢索日期：2023年8月2日。
[4] 網址：https://reurl.cc/WGZRDL。檢索日期：2023年8月2日。
[5] 網址：https://ppt.cc/fKOu8x。檢索日期：2023年8月2日。
[6] 〈社群小編的日常工作與必備的5大能力〉，網址：https://reurl.cc/nDjrO6。檢索日期：2023年8月2日。
[7] 同上註。

1. 小編必須是靈活多變的

2. 小編必須對時事有充分的敏銳度並且跟得上潮流

3. 小編要具備文案撰寫的能力

4. 小編要具備專業的美感

5. 小編要會善用工具並高度自我管理

這幾項技能之間是息息相關的，以與本單元直接相關的第三項為例，想撰寫出色的文案，勢必要靈活多變、敏於時事且跟上潮流，才容易吸引讀者的注目。在追逐潮流之際，小編撰寫文案或標題時，還有什麼可留心之處呢？以下分別選錄佳作及有待商榷的例子說明。

🗨 語不驚人死不休的創意文案

「發薪前VS發薪後」

2017年3月20日「故宮精品」FACEBOOK專頁發了一則貼文：[8]

【幽默小品】

發薪前VS發薪後

要是你以為小編只會花錢加菜那就錯了，錢要花在刀口上，泡麵瞬間提昇了好幾個檔次呢～

---

[8] 網址：https://ppt.cc/fsJ89x。檢索日期：2023年8月2日。

令人會心一笑的是附圖構思：圖左是發薪前──一般碗裝泡麵，圖右是發薪後──同樣的泡麵，但容器換成仿宋蓮花瓷溫碗。[9]發薪前／後的差別不在食物而是容器，小編在文末補了幾行說明：

#雖然升級但還是泡麵

#升級的是那個價值不菲的碗啊！

#領薪水的快樂同為上班族的你們一定懂

#吃起麵來都顯得自己高大上呢～

主訴對象是錢少事多的上班族，頗有畫龍點睛之妙，幽默十足。

「送禮刻在你心裡，預約你的情人節」

此例同樣來自「故宮精品」FACEBOOK專頁。[10]這是主打2021年2月14日情人節的約購活動，購買指定筆款可享免費刻字的服務。「刻在你心底的名字」是2020年在臺灣相當賣座的電影，小編以兩句話宣傳：「將刻在你心底的名字，連同你的心意獻給他」，不只緊扣活動主題，讀者若看過電影，也容易引起共鳴。

9　北宋（西元960-1127）汝窯青瓷蓮花式溫碗，網址：https://theme.npm.edu.tw/selection/Article.aspx?sNo=04001032。檢索日期：2023年8月2日。

10　網址https://ppt.cc/fdzVQx。檢索日期：2023年8月2日。

「髒東西退散」

　　此例來自全聯福利中心的FACEBOOK專頁。[11]主打的銷售產品是特價衛生紙，其實際用途不必贅言，不過小編別出心裁，以「髒東西退散」爲標語，奧妙就藏在「髒東西」一詞中，除了具體可見的「髒東西」──字面意義，尚有其他無形的雙關意思，細節就藏在圖片的符咒裡，小編列了三十一條內容，試舉例如下：

　　LINE裡的車貸林小姐
　　朋友PO合照只管她自己美
　　剛買就斷水的原子筆
　　襯衫扣到最後一顆發現扣錯
　　每出遊必洗版的朋友

最後以「髒繁不及備載」收尾，令人不覺莞爾，大抵是種種令人煩心不順之人事都可列入「髒東西」一族，人生難免不如意，想來讀者皆可列出一張客製化的「髒東西」符咒。符咒末端寫「人手一紙，髒東西到此爲止」，又提醒讀者活動主題──衛生紙特價。避凶趨吉乃人之常情，這則符咒文宣引起的同情共感也許遠勝於推銷特價衛生紙。

---

[11] 網址：https://reurl.cc/0189pK。檢索日期：2023年8月2日。

⬭ 我手寫我口的標題引言

標題吸引讀者接觸五花八門訊息的關鍵，本項擬以新聞傳播媒體出現的若干書寫現象爲例，說明近年來社群小編標題較常見的現象。

小編與「我」

從二十世紀跨到二十一世紀，人類接收各種新聞資訊的載體逐漸從紙張轉爲網路，在人人都可成爲自媒體的時代，傳統新聞媒體——無論是報章雜誌或電視廣播——莫不受到衝擊，因此紛紛推出網路平臺，推出文字或影音的網路閱讀形式。後來，又爲因應全球大量使用社交軟體的現況，各種新聞傳播媒體也在各類社交軟體設立專頁，即時推播新聞。此時，經營專頁的小編就很重要了。

「如何取得點閱率和貼文速度的平衡，是對小編新聞專業性的考驗，也就是身爲小編最大的壓力來源」，[12]下表是幾種媒體的小編比較：[13]

---

12 徐誦陽：〈新聞粉專小編：壓力來源於快狠準的工作〉，《銘報》2019年1月3日。網址：https://ppt.cc/frxwQx。檢索日期：2023年8月2日。
13 同註12。

媒體名稱 比較類型	ETtoday 新聞雲	UDN.com 聯合新聞網	上報	報導者
受眾群	不受限	中年族群	年長男性居多	關注會議題的年輕人
小編風格	詼諧、有個人特色	中規中矩	中規中矩、較嚴肅	較嚴肅
回覆頻率	經常	偶爾	不回覆	極少
貼文頻率	每12分鐘一則	每15分鐘一則	半小時一則	無限制

從回覆頻率、貼文頻率可知，許多媒體都很重視粉專的熱度，有小編指出，「一上班就如同打仗，除了規定每12分鐘貼一則文章、寫出符合流行的導言，還需要與網友互動，才能保有粉專的熱度」，[14]為了吸引讀者關注，新聞媒體小編的壓力之大，可以想見。觀察近年來的新聞小編發言，不難發現一個現象：為了迅速拉近與讀者的距離，小編轉貼新聞時經常「現身說法」，以第一人稱的視角發言，例如某新聞小編轉貼新聞時加上一句：「下次別再以為蔥@@」[15]這句話放在個人網頁，無足為奇，一旦寫在新聞媒體專頁，這種喃喃自語式的發言，難以想像有什麼吸引讀者關注的作用。

---

[14] 同註12。

[15] 〈直擊雙北水門拖吊 車主難過「以為不嚴重」〉，TVBS新聞FB粉專，2023年8月2日。網址：https://www.facebook.com/tvbsfb。檢索日期：2023年8月2日。

標題與事實的距離

早年只有紙媒的時代,當天發生的重大新聞若能在晚報刊登已是快速,否則一般只能刊布於隔天的日報。網路興起之後,落實新聞的即時功能,使讀者得以在事件發生的第一時間獲知「新」聞,這符合了新聞的即時性。不過,即時性與正確性能否畫上等號,這就有待商榷了。

近年來,轉貼各式新聞是社群使用者的常態,在個人網頁張貼新聞並加上一己觀點,無論讀者贊成與否,反正文責自負。然而,新聞粉絲頁小編在官網的發言是否也能「文責自負」呢?有心的讀者勢必發現,小編推播新聞時,「大多會加上一段引言或自己的註腳,甚至寫上幽默、風趣,甚至辛辣、聳動又帶點酸味的言語」,[16] 由於社群軟體的功能使然,小編轉貼新聞時若加上另類標題、引言或點評,這往往是讀者第一時間所見的文字而非原新聞標題,肩負流量點閱率的小編必須速速吸引讀者的目光,只是這類小編文字不免帶著個人好惡或價值取向,有學者認為,「社群編輯可以偶爾不那麼客觀地表達一些立場,讓新聞環境更活潑,但不要令立場過度偏激和單一」,[17] 但活潑

---

[16] 管中祥:〈推文≠新聞 小編正在引導你的閱讀?〉,2020年12月20日。網址:https://ppt.cc/fnHhhx。檢索日期:2023年8月2日。

[17] 陳楷昇、劉德懋:〈小編發文風波 學者:應兼顧新聞守門〉,《小世界周報》,2019年12月23日。網址:https://ppt.cc/f5rUyx。檢索日期:2023年8月2日。

的結果若是誤導，那就有待商榷了，大多人可能有類似的閱讀經驗：

> 當你點選標題，閱讀新聞內容後卻發現：「啊！被騙
> 了！」「標題怎麼跟內容差那麼多？根本是誤導嘛！」
> 「這個標題完全畫錯重點！」「這就是標題殺人啊！」[18]

在提昇點閱率與客觀引導之間，新聞小編究竟如何取捨？從新聞專業素養來看，如何守住新聞底線——客觀性，避免以個人立場或價值觀影響甚至誤導讀者，恐怕還是多數讀者對新聞小編的期許。

　　從使用網路平臺的普及現象看來，我們處在一個人人皆可是小編的時代，但如何成為一位稱職的社群小編——既具備專業素養又符合主管要求，且能不失幽默又正確地引導讀者，看來是需要各種條件配合的。

💬 單元練習

1. 請自常用社群軟體任選三家新聞媒體，擇取兩件媒體同時刊登的時事作為比較對象，分析三種媒體社群小編的標題及引言內容，比較其優劣。

---

[18] 同註16。

2.請練習以下情境題：

　(1)假如你是「Q超市」社群小編：Q超市擬推出母親節特價活動，請選取若干產品作為活動的主打商品，並為超市網頁訂定適當標題及引言。

　(2)假如你是「B網路書店」社群小編：B網路書店擬推出主題書展，請自訂主題，並任選若干書目，為此書展訂定適當標題及引言。

關於採訪的那些事

曾守仁

　　人，雖生而孤獨，卻處在眾人的世界裡，為了擴大個人感知，不為一己聞見所限，透過種種與他人的交流方式，例如採訪，翻閱另一本人生大書，不僅有心靈的交流，更能夠在短時間裡獲取別人 —— 也許是窮其一生、百死千難方有 —— 的精粹體悟，不亦快哉，還有什麼較此更值得欣喜的呢！[1]

　　這樣的事情我們並不陌生，例如演講就是如此，聽著講者對某一議題娓娓道來，也是在有限時間裡一種知識經驗的獲取交流，然而那比較是屬於單向的灌輸與聆聽，在互動上不若採訪；進一步地說，採訪能透過主動的提問，而演講則鎖定於單一議題，甚至是很大部分須取決於講者的給予。

　　另一個性質相近的活動，就是學校裡的固定課程。以大學的學制為例，那是在十八週裡以每次二至三個小時的進行的活動形態，其優

---

[1]　劉紹華《人類學活在我的眼睛與血管裡》（臺北：春山出版，2019）。

勢是透過相對充足的學習時數，形成完整的知識架構，且分散學習的進行方式，對於學習者而言，能有充分的消化，甚至積極一些的學習者，還能夠過事先預習，做好完整的學習準備。但，制式的學習常因受眾處於被安排的位置，在學習模式上顯得不夠積極，長授課時數這點也確實需要較高的持續力以及專注力；當然，主要由教學者所設計安排的課程中，學習者的身影自是相對較為模糊。

　　繞了一圈之後，就可以回到本文的主題：採訪寫作。經初步比較，相對於制式的課程模式，採訪則更為輕薄靈動，且能針對單一人物或主題進行深入挖掘；再者，在心態上提問者（學習者）比較接近一位引出者、一個接生婆，能夠匯聚百花汁液而精煉成蜜，這樣所產出的知識，相對而言不會形成蹈空的高談，而更像是陳年的純釀；同時也賦與提問者更多的主動性——可想見的是，當訪問者愈用功，前置作業愈完善，在有限時間內就更有精準的知識生產與經驗交換。同樣是與人交談、討論，看似差異不大，但是訪談就有著更多的「鋩角」，畢竟訪問與被訪問者，兩者的「位置」並不相同，情勢上受訪者看似據有較高的地位；但現代社會的公民意識高張，如訪談者，又頗有「知」的權利，某種程度或可視為第四權的行使；而訪問本身由於打造了受訪者的舞臺，你問我答，雙方各有算盤，是交鋒也是互惠。

　　與人談話本不是一件輕鬆的事情，先不必說話題的拋接與延續，雙方面對面眼睛的互視，近乎短兵相接，又似近身肉搏，任何細微的

舉動，都傳遞著相當的訊息，也足以影響言談的進行，一旦話不投機，就算彼此都是博學之士，大概也無以爲繼。因此，如何善用有限時間，讓訪談發揮最大效益，這是本文所關注的問題。

在訪談進行之前，當然要先談到主題的選擇與設定。主題往往決定了我們選擇的受訪者，而訪談主題就像是論文的開題，一個好的問題，往往比所給出的答案更爲重要。因爲一個好的議題，即是一個值得探究的未知，正因爲它的超前或複雜，也許我們無法得到完整全面的答案，卻能帶來視域的更新，那將是思考的翻轉，也是盲點的突破，照亮了知識的斷層，而那是以前未曾思考的部分。舉例而言，明星固然亮眼，但二線演員、甚至跑龍套者，又是怎樣的一種工作性質？君不見《從前，有個好萊塢》，[2] 就將焦點移到明星身邊的跟班或秘書、過氣演員身上——同樣十分精彩，小人物讓整個電影工業圖像更爲立體，也透顯眞實，進而探討生活、社會裡的下層或陰暗的部分，例如米蘭・昆德拉（Milan Kundera 1929～）描繪的下水道、髒汙處理系統，而我們表面所見的是一朵如百合綻放的光鮮馬桶[3]——韓片《寄生上流》不就是搬演了這樣小人物的悲歌？另外，房慧眞於

---

[2] 參IMDB上的相關說明，https://www.imdb.com/title/tt07131622/，檢索日期：2021.02.01。

[3] 米蘭・昆德拉《生命中不能承受之輕》（臺北：時報文化，1995年三版），頁194。

109學年度在暨大帶領敘事工作坊，其所設定的「百工職人」採訪主題，就有位同學選擇收容精神患者的中途之家，這篇價值豐富的採訪建立於以下有趣的問題之上，例如：「這些較為邊緣的機構設置於何處？」「所收容的患者各有什麼樣的同異之處？收費基準為何？」「他們一天的活動課表是什麼？」「他們對外又是如何宣傳？」「是什麼樣的動機，而有如此的機構設立？」這些問題顯然不經採訪者的挖掘，確實難以在第一時間得到答案。綜言之，一個好的議題設定相當重要，足以打開新的「視界」；如同古老的諺語：好的開始就是成功的一半。[4]

當議題設定完成，受訪者也就大抵確定了。這時，訪談者就應該善用圖書館資源，上天下地找資料，動手動腦讀文章，做好充分的準備。談到找資料，第一時間想到的都是「GOOGLE大神」，大家也一定有過這樣的經驗——搜尋不著也就算了——麻煩的反而是資訊太多太雜，光是篩選汰除，所耗費的時間就相當可觀；更糟的，可能最終一無所獲。通常這是因為關鍵字相近或雷同導致；另一個就是，你能用的搜尋引擎，一般大眾大約也能使用，相同的作法帶來同樣的結果，顯現不出你的優勢。因此，在學期間務請必熟悉善用圖書館的電子資料庫，除學術之外，例如《聯合》、《中時》，都開始有意識的

---

[4]　參見暨大中文系敘事力網站：https://tellastoryaboutpuli.weebly.com/，檢索日期：2021.02.01。

回溯、建立媒體數位資料庫，可加以善用。另外，任何的議題都不是天上掉下來的，建立議題的歷史意識相當重要，例如同婚、環保、人權、族群等，目前可見的「進步」，無一不是逐步積累發展的，若能有充分的掌握，則能有相應的「了解之同情」，能與受訪者站在相同的感受上進行訪談，且內容也更有深度，而非以質疑或不解的提問，反而使得訪談更為澀滯。

另外，房慧真所提，為受訪者製作年表，[5]這點相當重要，意味著你可以透過這些重大歷史事件的再體驗，掌握受訪者的感知，領略其情緒的周折與紋路。記得之前在張大春的小說課堂上時，他就要課堂上每一位同學以自己的出生年份為基準，往前回溯十年、二十年、五十年、一百年等，進而「發現」自己與歷史重要大事的聯繫。正因為每一個人都會在乎、也記得自己的生日，而以十年為段的基數，讓時間的挪移有了清楚的變動，更能切身體驗到外在的變動。當一個生命體能與特定歷史重疊：登月、電視誕生、民選總統、凍省、國共內戰、中美斷交等，即能突破小我，進而能有更廣闊、深刻的感受，不侷限於一己單薄的生命經驗。

提問技巧當然也非常重要。事先的問題準備毫無疑問是必須的，而且問題要經過設計，當然不能讓受訪者以「是」與「否」輕騎過

5　房慧真〈採訪心法〉，收入《像我這樣一個記者：房慧真的人物採訪與記者私語》（臺北：時報文化，2017），頁377。

關，但要是太過抽象開放，也會使人摸不著邊際。[6]換言之，「實問虛答」固然不佳，等而下之的「虛問」大概就很難期待「實答」的結果。採訪問題擬定之後，應該要事先傳給受訪對象，這是一種禮貌、也是訪談之倫理，做到事前充分溝通，也增進彼此了解與信任。要知道，在訪談裡對方不是我們的拷問對象，當然也毋須為其做嫁，好的訪談者要能夠問對問題，引發受訪者繼續談論的欲望，因此問題的提出可以環環相扣，漸次深入，逐漸逼近訪問者設定的核心議題。因此，不妨將前幾個問題作為彼此熟悉，卸下心防的必經歷程；當然，訪談的進行是動態的，對方也不是泥塑木雕，問題如同丟入湖中的石子，激起的水花可能產生超乎預期的效應，這時動態的自我調整就非常重要——或許是問題次序，或者是問題的表述方式，都要機靈應變，上善若水，總不能鐵板一塊，反過來要求受訪者來配合訪談者，顯然是不恰當的。

再者，問題必然預設了答案，問題本身也會傳達出訪問者本身的意識形態。所謂開放的問題，除了具有好的引出性質外，採訪者本身對於問題意識形態的反思也相當重要；如訪問移民工，我們常不自覺陷入受虐、施暴的想像，以至於無法辨別出個案背後的獨特性，或是

---

[6] 可參見網路文章，〈新聞採訪該怎麼做？那些關於採訪的〉，https://reurl.cc/RzonNZ，檢索日期：2021.02.01。

以此相當程度的簡化問題，這些都應當避免。[7]總而言之，問題固然是向對方發問，但正如將一隻手指頭指著別人，卻有四隻指頭指向自己一般，問題也暴露了提問者本身的理解及侷限，更要避免將自己預設強加予受訪者。

最後談一下採訪寫作。關於這個問題，很容易和報導文學聯想。[8]而文學與報導果真能融合嗎？若報導強調中立客觀，鼓動情感的文學是否與之衝突？抑或，文學的筆法反而更能夠體現某種「真實」？因為所謂的真實其實並不真的存在，事件面向、觀點永遠無法被窮盡，所謂的中立客觀，會不會剛好是一種自飾，或不假思索的理所當然，其實只是玄想，是大有問題的？準此，以「文學」書寫介入新聞採訪寫作，正是一個可以持續思索的問題。在撰稿的同時也要了解到，這固然是客觀的反映與呈現，另一方面，撰述者本身也應該有自己的判斷，能入亦能出。事實上，所有的觀點都有其立場，也都是特定背景的累積養成，若不能由此加以反思觀照，就只能是客觀的抄述，或淪於吹捧、尖刻批判而不自覺；撰寫者本身的位置如何擺放，述者與訪談者之間的關係，述者與讀者的關係又是如何，都需要精準拿捏。

7　顧玉玲《我們移動與勞動的生命記事》（臺北縣：INK印刻文學，2008）。

8　向陽、須文蔚編《臺灣現代文學教程：報導文學讀本》（臺北：二魚文化，2002）。

這或者不是倒寶塔式或5W1H的寫作技巧而已，[9] 作爲一個經驗教訓、知識智慧的傳遞媒介者，他眞正的問題在於同時具有述者與作者身分，一方面是忠實傳遞，一方面則要消化整理，或許不只是重新包裝，甚至是一種從使用者導向的理解詮釋，最後，應該有一種啓悟式的自我期許，也就是作爲採訪者的公民意識，或者是一種創作上的洞見。總之這世上應該不缺文章，但好的文章難覓，如果我們的寫作在人類的文明上能有一點小小貢獻，在讀者的心裡種下那怕是小幼苗，豈非是寫作者的倫理義務呢；鼓天下之動者存乎辭，讓我們一起共勉！

⌒ 寫作練習

1. 請以自己的出生年代爲基準點，以十年爲單位向前回溯，製作出五百年之大事紀。
2. 請先分成小組（每組約5～6人），每組任擇一個採訪對象（主播、運動員、導演、教授、youtuber……）並以5W1H加以提問分析，並上臺報告。

---

[9] 5W1H是指：What、Why、Where、When、Who、How。

簡報力：簡報的視覺設計與表達技巧[1]

温珮琪

設計原則：簡報不是文件製作

簡報（又稱投影片、PowerPoint、PPT）製作現今已成為語言表達的輔助工具，在各種場合上，不論是學術報告、會議又或者演講，簡報的好壞影響聆聽者對於報告內容的接受度。然而面對初次報告的新手，往往認為將文字利用簡報呈顯出來，就能傳遞報告的內容，僅是將word上的文字換成簡報模式，文字換個方式呈現，因此常會發生簡報反映的是簡報者所要報告的原始資料內容，而非與聽眾建立連結，就容易造成簡報者自我沉浸在解說資料的氛圍中，簡報其實很難發揮效果。[2]

---

[1] 本文書寫範疇並不從簡報軟體工具著手，且書寫對象以大學課堂讀書、專題報告或學術簡報為主要，僅利用簡短的篇幅，歸納出簡報設計的基本原則。

[2] Nacy Duarte在其著作中認為，一張投影片超過75個字，就會變成一份文件。真正

圖1　　　　　　　　　　　　　　　　圖2[3]

　　如上圖簡報範例，同樣是讀書報告的文本段落分析，圖1簡報以段落文字內容呈現，圖2簡報以圖示法呈顯，兩者對比下，右方清晰明了，短時間馬上可抓住中重點。聆聽者要在短時間消化簡報中的文字訊息與知識量是有難度的，就容易造成滿滿的文字，聆聽者來不及消化。在短時間的簡報過程中，聆聽者常覺得無趣，整場報告下來也聽不到報告重點。因此簡報是將報告原始文字資料「轉換」、「消化」理解後，轉化成報告的精要，「文字圖表化」，利用簡報輔助加以說明。[4]選擇圖表後，更要對圖表上的元素進行增減與美化，圖表

的簡報焦點應放在簡報者，以及他們想要傳達的理念和概念。見《slide：ology視覺溝通：讓簡報與聽眾形成一種對話》（臺北：碁峰資訊，2011年），頁7。

[3]　簡報範例為109-1大一國文管院C、G班小組讀書報告簡報。

[4]　圖表的使用是資訊視覺化的呈現方式，常用的圖表如直條圖、柱形圖，條形圖，折線圖，圓餅圖或者是軟體內建中的流程圖、循環圖或階層圖等。然選圖的首要原則便是選擇合適的圖表來呈現我們的數據。例如：條形圖在整體視覺上，更便

的文字、顏色或者線條需考慮與背景（板模）的整體色彩進行視覺平衡的搭配，針對細節美化簡報。

💬簡報與視覺設計

　　簡報既非文件製作，其關乎一場簡報者與聆聽者的視覺對話，在設計簡報過程中，如何呈現資料？如何把讀書報告、專題報告、學術論文、或者研究成果、企劃提案等利用簡報來展現成果？設計原則首要的是簡報資料的展現（內容），其次為簡報編排上的細節（設計）。決定要呈現的內容完成了簡報重要的骨幹，接著如何吸引人？電腦的PowerPoint投影片簡報軟體中，現成的版面設計，是最直覺操作製作簡報方式，簡報製作原則以使用簡單背景為要，版面不要太過複雜，反之也勿過分貧乏，設計過程中需安排整個版面的平衡美感。但軟體內建的簡報設計模式數量有限，也許不符合簡報者的內容，或者想要與他者不同，便可自行設計版面。簡報軟體中的「自訂背景」格式可自行選擇版面背景顏色（漸層／實心），更可自行從圖片網站搜尋喜歡背景圖片更換版面，挑選圖片也可使用「圖片透明度」來淡化背景。善用免費模版網站也可以讓簡報變得與眾不同，「模版」的好處在於顏色、背景模式皆設計精美，使簡報看起來更加專業，視覺效果也比軟體現成版型更加優美。免費簡報模版網站

利對數據大小進行比較。圓餅圖則適用於用來表示局部佔整體的百分比。

例如「Slidesgo」（圖3），[5]針對每個投影範本提供Google Slides、PowerPoint 兩種版本下載。模版類別包括教育、商務、企劃行銷、醫療等，網站模版，皆可以使用於個人或商業用途。只是此模版下載後，每張簡報中有既有的文字內容，使用者必須一一刪除修改。下載模版後，簡報者便可針對內容相應符版面加以排版即可。模版雖然精美便利，但顏色、版面設計區塊安排已固定，僅能就文字排版加以變化。

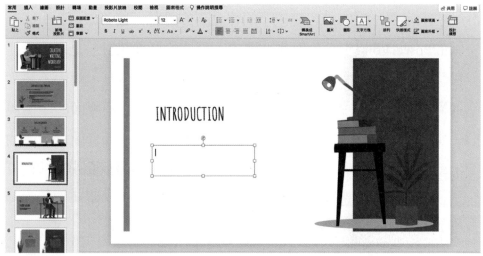

圖3　Slidesgo下載之模版套用

---

[5]　「Slidesgo」是由知名的免費圖片素材網站「Freepik」所提供的一個免費簡報模版，網址為https://slidesgo.com/。

無論是軟體現成的背景、自訂顏色背景又或者下載精美的模版套用（圖4），不管簡報有多少張，加入設計元素前如插圖、照片、圖表務必使簡報具有「一致性」，才能維持視覺的平衡，過度的花俏複雜或無意義的圖案反而會使簡報凌亂。有時候適當的留白，單純的色調也可讓簡報精緻優美，切記背景版面的使用必須與內文成強烈「對比色」，才能避免視覺上的混淆，使聆聽者更容易閱讀。

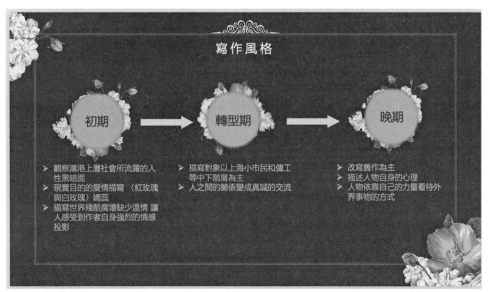

圖4　模版套用之簡報[6]

　　簡報除了在背景、版型、顏色有許多設計的細節外，大小與字體

6　簡報範例為109-1大一國文管院G班小組讀書報告簡報。

的使用也是很多簡報者非常容易忽略。就字體大小而言，簡報設計上標題和內文的字體一定要有大小、粗細之區隔，才能使聆聽過程中具有閱讀的層次感，《視覺與溝通》一書作者（Nacy Duarte）認為，字級最不要小於28pt，否則聆聽者會看得很吃力。[7]而《簡報禪》作者賈爾·雷諾茲（Garr Reynolds）認為，一張簡報最多使用兩種字體。[8]設計過程中，可以使用同一種或兩種字體（勿超過三種），再以大小、粗細體做變化，才會使簡報整體視覺上有秩序，又有變化，不顯得單一呆板。

簡報字體的選擇上，首要考慮字體的形式與主題內容是否搭配，中文課報告、經濟學報告或者是企劃內容提案，正式場合與非正式活動呈顯的形式不一，因此每個簡報內容應考慮字型的整體美感。針對字型，大致可把字型分成粗細一致的「等幅字體」與「非等幅字體」，前者筆劃厚度均一，如黑體、微軟正黑體也可稱為「無襯線體」，後者具有各種線條如細明體、標楷體，又可稱為「襯線體」。

---

[7] Nacy Duarte著：《slide：ology視覺溝通：讓簡報與聽眾形成一種對話》（臺北：碁峰資訊，2011年），頁152。

[8] Garr Reynoids：《簡報禪：圖解簡報的直覺溝通創意》（臺北：悅知文化，2014年），頁7。

非等幅字體（襯線體）　　　等幅字體（非襯線體）

- 簡報設計原則（細明體）
- 簡報設計原則（標楷體）
- 簡報設計原則（宋體）
- PowerPoint (Times New Roman)

- 簡報設計原則（黑體）
- 簡報設計原則（微軟正黑體）
- PowerPoint (Arial)

至於簡報該用哪種字型，並無定論，端看簡報內容本質的表現與使用媒介是否兩者一致，例如等幅字型粗細均一，大多用在標題上，內文多用非等幅字體，如內文少或條例式簡報，等幅字體也可一致使用。最重要的原則仍須考慮簡報內容的多寡、文字呈現的形式來決定字體的選擇。無論選擇那一種字體，字體大小都很清楚，並且有助於閱讀者看遍整個題材或整張簡報，而字體的「泛用性」也是簡報設計最終需納入考量的，所選字體必須是任何電腦常用的內建字體，例如華康或思源系列字體，不見得在通用電腦中常見，最終會使簡報者精心挑選的字體，在簡報場合無法顯示的窘境。

☺ 簡報內容與表達技巧

　　簡報單頁內文的編輯與排版，基本上可分成「標題」與「內容」兩大部分，如何下標題？內文是要以文字呈現？還是圖表為佳？圖表要用流程圖？組織圖還是甘特圖？標題為聆聽者首要注目的核心論題，也是簡報的主題，內容則是支撐標題相關論述，兩者相扣。下文針對簡報內文細節簡略說明。

如何下標題？善用標題展現論點

簡報要讓聆聽者吸收到什麼樣的訊息？簡報標題無疑是重點呈現重要環節，因此在標題部分就是內容的講述主題，一頁一重點又或者二到三頁是呈現一種講述的主題，必須清楚俐落，具吸引力，才能讓簡報發揮作用。標題以一行為要，範例如下：

「簡報製作分享」，可以寫成「一定要知道的簡報攻略」。

「獲利趨勢」，可以寫成「年度的獲利趨勢分析」。

標題需涵蓋完整性，又或者可利用「語態」加入句子中來活潑標題，讓標題不生硬又吸睛，如上例「簡報製作分享」，呈現內容無非就是簡報製作資訊，對於接受訊息的聆聽者而言，換個角度來下標題，標題就是聆聽者所要接收的主題，簡報者更可順勢透過一開場的標題吸引聆聽者的目光。

內容的安排

簡報內容安排在決定講述主題後，內容的呈現必須利用簡報頁有層次的呈現，並且每頁將主題關連性的串接起來，因此簡報製作必須事先規劃好與時間長度相對應的簡報張數。簡報內容製作有各種形

式，如文學院內文大多以文字為主要，科技學院或管理學院著重數據以圖表為要，就「純文字簡報」而言，內容足夠支撐標題即可，太多資訊反而無法突出重點，反而變成文件式簡報，條列式是一般常用的方式、然而總會有簡報資訊量必須完整的場合，如學術簡報、會議、提案，文本、數據分析，需要有完整的文字內容，排版就顯得相當重要。因此，把「文字圖像化」便是最好的方式，也就是變更文字內容，以區塊、標題、大小，去蕪存菁來呈顯文字內容的重點。範例如下：

TPTCR讀書寫作法

➤T：Thesis，題目，書名或探討主題。

➤P：Preface，前言，文章或書籍的結構及內容或摘要，為展開正文中的敘述。

➤T：Thesis的分支，可分為論點（T）和論據（E）。

◆論點，T1、T2、T3，

◆引用書中的論據，敘述論點時，扣和文本內容，陳述自我觀點後，加入論據。

➤C：Conclusion，結語，強調文本的論點C=T1+T2+T3.....

➤R：Reference，參考書目，證據的來源，引用文本資料。

TPTCR讀書寫作法

Thesis	Preface	Thesis	Conclusion	Reference
論題	前言	論題細分之	結語	參考書目
題目	摘要	論點	結論	資料來源
		(T1．T2)		
		+論據(E)		R =E
T=T1+T2+T3	P=T+T1+T2+T3		C = T1+T2+T3	

圖5 筆者授課簡報範例

由上範例，整段條列式文字，重點經過不同的排列方式，使文字區塊「視覺化」，重點也清晰明瞭，即便因時間無法閱讀細節的文字，也能透過大標題馬上了解簡報所要呈現的議題。

簡報表達技巧

簡報設計與內容呈現外，簡報口述表達才是設計後最終目的。聆聽簡報者是誰？簡報的用途？簡報的重點是什麼？有多少時間。在設計內容之後，簡報做為口述表達的工具，核心的關鍵是：如何生動的口述表達簡報內容？簡報者常犯的錯誤是，對簡報內容不熟悉，將簡報文字當做口語表達的筆記，因此常有「唸」簡報的情況發生，再者就是簡報內容與表達內容不相符，必須記住的核心關鍵：簡報是表達的視覺輔助，來幫助報告者建立觀點進而吸引聆聽者的目光。

1. 熟悉簡報內容。

簡報當逐字稿唸為報告時的大忌，在簡報作為輔助表達的工具下，報告者必須清楚且熟悉內容，而非看到投影片才知道講什麼，例如隨身碟讀不出檔案、設備當機、停電，皆為硬體設備常見的問題，為了確保簡報流暢性及突發狀況，簡報者如要有不依賴簡報文字的能力，便需要完全熟悉報告的內容。

2. 語調、肢體動作與目光接觸。

熟悉內容為第一要素，然而並非侃侃而談就是好的表達能力，當語速過快、肢體呆滯，與聆聽者毫無交集，即便再熟悉內容也容也枉

然，簡報能力猶如一場舞臺秀，報告者必須展現個人風格，適時的呈現肢體語言，稍微運用自然的手勢，幫助聆聽者理解，能夠更清楚強調自己演說的內容，並適當與聆聽者有良好的目光接觸與互動。

3. 表達具有邏輯性，言之有物並根據準備資料以及現場狀況調整簡報表達內容。

　　一場好的簡報表達，必須有邏輯性的鋪陳表達的主題與內容，不離題並且言之有物。開場引言、簡報核心內容、旁引之例證、數據、最後的綜合性結語，皆必須層次分明整合呈現，然簡報現場常有突發狀況或者演講氛圍不如預期，簡報者必須察言觀色的調整內容，吸引聆聽者的注意力。

⌣ 結論

　　整體的簡報設計細節，影響著簡報者與聆聽者的互動，然設計原則及簡報視覺元素關乎簡報者個人美感風格的呈顯，不論何種的簡報軟體，或者各類型的簡報，請遵循每一張的簡報資料必須清晰、切題，並確定聆聽者可以理解，使他們在簡報過程中毫不費力的記住簡報內容，然而最重要的還是簡報者如何利用一份簡報來觸發聆聽者的情緒與情感。本文僅簡略粗淺的概述簡報設計方式與表達技巧，簡報相關書籍以及網路上各種資源充斥，無論主題是什麼，唯有簡報者清楚的審視自我報告主題，將想要傳達的主軸，去蕪存菁的規劃簡報架構與內容，言之有序，並在設計細節多花巧思，讓簡報成為對話的媒介。

💬 簡報練習題

1.請依據下文內容，設計一張含標題、内容或圖表的一頁式簡報。

　　受全國疫情警戒升至第三級影響，5月就業人數1,139萬8千人，較上月減少12萬6千人或1.09%。5月失業人數48萬9千人，較上月增加5萬4千人或12.35%。5月非勞動力人數為832萬2千人，較上月增加6萬2千人或0.75%。、5月勞動力參與率為58.82%，較上月下降0.33個百分點。5月失業率4.11%，較上月上升0.47個百分點。扣除季節因素後，就業人數較上月減少12萬人，失業人數較上月增加5萬人，失業率4.15%，較上月上升0.44個百分點。[9]

2.請以「科技與生活」為主題，設計一份五分鐘簡報。

3.承上題，請搭配簡報，錄製五分鐘主題影片。

💬 參考資料

楊玉文：《簡報易開罐：37堂免費軟體簡報必修課》，臺北：博碩文化，2018年。

---

[9] 資料來源：中華民國統計資訊https://www.stat.gov.tw/ct.asp?xItem=47336&ctNode=2294&mp=4。

西脇資哲：《做出第一眼抓住人心的好簡報》，臺北：三采文化，2016年。

韓明文：《簡單 x 簡報：化繁為簡的簡報藝術》，臺北：碁峰資訊，2011年。

黃慧敏：《5分鐘打動人的視覺簡報》，臺北：碁峰資訊，2011年。

Garr Reynoids：《簡報禪：圖解簡報的直覺溝通創意》，臺北：悅知文化，2014
　　年。

Nacy Duarte：《slide：ology視覺溝通：讓簡報與聽眾形成一種對話》，臺北：
　　碁峰資訊，2011年。

如何配合社會時事分析與討論強化課堂講授學習

劉恆興

運用時事分析討論對課堂講授的重要性

大學教育以學術研究爲主，然而學術卻是學者對世間事物，運用自己的智慧理性，透過實驗、觀察，以及理性思考所獲得的總合。以世界之大，事物種類之繁雜，可以分爲自然與人文兩類。教師對相關事物研究探索有了新的理解和想法，都要將其發揚光大，啓發同學們的思考。啓迪的方法，有的是用筆，有的是用言語，用筆是著書、編講義，用語言是便是課堂講授。

由於課堂講授旨在針對某一學術問題，對學生作出精闢的闡釋與解說，往往並非三言兩語所能說明。若要使學生能夠深入體會，就必須配合學生所熟悉日常生活中的事物加以解說，一方面可以幫助學生對問題本身進行理解；二方面可以也可以讓學生拓展學習運用的領域；三方面可以調合純理論思考的枯燥乏味。如果善於運用，更可收

一舉多得的學習成效。

時事分析討論可能產生的弊端

　　靈活運用時事分析討論，固然可以達到有趣活潑的課堂講授與學習的效果，但是如果運用不當，卻很有可能造成反效果。最容易犯的錯誤有下列數端：

1. 主旨不明確：時事新聞雖然與人人生活密切相關，容易引起學生興趣，卻存在有解讀角度多元複雜的問題。因此若不事先將所討論的時事與課堂講授主旨做出清楚連結和限定，在一開始雖然會引起不求甚解學生的興趣和好奇，然而隨著講說的推進，因個人想法與關心方面的差異，觀念的不同，或理解程度的不同，便會喪失興趣，甚至產生反感。這時候的課堂便會逐漸由寧靜轉為混亂局面，同學們輕則交頭接耳，重則談笑喧嘩，甚至離席走動。因此，教師在進入時事分析討論環節之前，一定要明白揭示討論方向，以及與課堂主旨之間連結和論題的發展限制，讓同學思緒精神能夠停留在課堂講授的重點，不致於渙散。

2. 態度隨便甚至自我矛盾：由於時事涉及重述事實與展示個人意見，教師和學生進行到這個環節，都很容易因為走出嚴肅的理論講授中，態度突然開始放鬆、隨便。或者因個人情緒影響而開始激動，或者一方面為了突顯個人觀點而語氣生動、語調激昂，一

方面又為了保持課堂學習主軸而態度嚴肅，使得學生處在情緒矛盾對立無法適應的狀況。兩者情況最可能產生的後果，就是學生會因為情感矛盾無所適從，陷入神經疲乏、充耳不聞的狀態。所以即便是分析討論時事，教師態度仍然要保持安詳文雅，不可有過於流於個人情緒化表現。

3. 缺乏層次條理：在時事分析與討論的環節之中，教師可以跳脫刻板的知識學習管道，隨自我所見所聞，旁徵博引，教導學生如何結合學習與應用，內容必然十分豐富活潑。然而許多教師在施做過程中，忽略了「由近及遠、由淺及深」的重要原則。正如古人所言：「登高必自卑，行遠必自邇」，時事分析與討論的開頭環節，首先必須淺顯。猶如抽絲剝繭一般，先將顯而易見的線頭先行抽出定錨，使學生容易瞭解，並從而進行思考發揮。等聽者進入情況之後，再逐漸深入探討，進而按既定章目，層層發揮，協助同學窺其意旨全豹。但是很多教師在進行分析討論時事的課程環節，往往隨著自己意思引申，任意連結不同概念文本，完全沒有經過思考設計。因此不但不能引領學生透過實事理解理論概念精髓，反而增添了迷茫、無所是從之感。如此一來，講授時便會層次顛倒，深淺不均，說了半天，同學們仍有無所適從、無法把握重點的感覺。如此的課堂講授，若想得到預期效果，實在是緣木求魚。

社會時事的分類與講授特點

　　每天發生的社會時事非常多樣，教師可以根據其課堂講授內容自行做出充份的連結，然而首先必須掌握以下兩個原則：

1. **能夠提高學生的知識**：學生在學習理解發生困難的時候，若能透過有具體內容、條理，並自我見解的分析，掌握無所貫通連結的關鍵，就會有茅塞頓開之感，因此古人說：「與君一席話，勝讀十年書」。這是因為就一般人來說，聽講時因為有表情、眼神、手勢和語調變化等的輔助，理解力要比單純閱讀時更好。但這也需要教師對相關時事的背景知識，例如各種科學發明、人文成就、社會價值、競賽獎項、藝文創作等方面有一定程度的掌握，並且就社會反應、生活影響、文化差異等面向加以條理化組織，經過自我內在思維做有機的整理吸收，有了通盤掌握，才可能在教學現場充份發揮並達成其效果。

2. **提昇學生的社會參與意識**：人文學科的發展與社會脈動習習相關，尤其是現在社會已經從君主專制時代轉變為民權時代了，在民主政體的時代社會中，每個國民都是國家社會的主人公，凡是興利除弊的事，每個國民都要參與。受過大學教育的學生做為社會結構中的骨幹，更必須透過自己的言行，負擔導正社會風氣，建立普世價值的責任。因此，教師必須先透過自己的教學，對所討論社會事件背景有充份的理解掌握，引導學生建立正確的中心思想和價值體系，才有可能達成積極正面的教學效果。

其次必須對講授的時事進行分類，並且根據不同類型掌握相關的講授原則：

1. 政治類：如國內外政黨、政治組織及重要人物所發表的政綱、政策和行動，社會公益團體所公布對於事業、活動所擬定的決策與計畫，以及社會賢達、各界專業人士對於國事、經濟發展、交通、醫療保健、休閒娛樂等公共事物所發表的意見，都屬於此類時事話題。由於觀點、立場人人不同，因此在課堂針對相關言論進行分析討論的過程中，必須遵守以下原則。第一，話語言簡易賅，要能發人深省，不宜過度鋪陳或誇張，扭曲原有話語，此外對有岐義的問題，不要顯露教師個人立場，以免壓抑不同觀點的意見，言論更不能具煽動性或刺激性，以免造成立場不同的同學起而爭論，如此非但將造成課堂秩序失控，教師也將失去掌控全局的高度。第二、整體討論時間不宜過長。陳述內容和所使用的字詞，宜在事先經過詳細的思考與推敲，方便在短時間內，清楚展示問題點，引起學生省思後便應該停止。切忌在課堂現場任意發揮，冗長瑣碎的敘述加上教師無法管控情緒而喋喋不休，學生會感覺到聽課是嚴重的精神虐待。

2. 事件類：社會現實中發生的各種事件本身就是文學創作的來源，然而，這也是時事分析討論中最難的一種。此類的講授首先應注時間次序，從頭細說或中間回溯皆可，但應避免破壞懸疑性，使聽課同學感覺到興味索然。其次進行此類講授時，必須配合事

態發展在音質音量方面有一定的控制和變化能力。除了一般敘述是用自己本然的聲音進行之外，凡代述事件中人物的語言，要照事件內容所描寫，學出男女老少不同角色的聲音，而且有喜怒哀樂、悲歡離合等情感的表現。即便在一般陳述中，也應該隨著事件的發展，在動作表情上有適當的配合。最後要注意的是，即便講授時要力求精彩動人，但教師仍不宜過度頻繁的移動身體位置，眼光也不能離開學生，否則仍有可能造成學生注意力的渙散。

3. 報導類：大至如天氣變化、社會物價波動，小至如學校校規、活動資訊和課堂規定等皆屬此類。此類應屬時事討論中最簡單的一種，因為這類講說不需要教師將過度個人情感與思考投入其中。然而在平鋪直敘的講說中，也需要留意以下幾個重要的原則。首先，話要說得簡明扼要，又要能提供完整無疑義的資訊，不能因個人感覺輕重而有所簡省、隱瞞、強化，甚至捏造。如果資訊不完整或不正確，不如不說，以免造成學生對教師講授的信任感降低。第二，語調上一定要清楚適當，使現場每一個人都能聽到，不能在聲量上任意變化，因為學生往往會從講者的聲調聲量上評估事件的重要性，如果萬一重要性與現實狀況不符，同樣容易造成學生自我評估時的不良反應，甚至對教師講授內容的反彈。

4. 講評類：此類主要是以上各類討論完成後，教師進行的綜合評述，但由於目前教學納入學生課堂報告風氣的盛行，也包含對學生課堂表現的評述。此類應是時事分析討論中最為困難的，因此

需留意事項也最多。歸納重點有以下幾個方面：

(1) 講評態度必須超然公正，不可以有絲毫愛憎觀念存在。這種超然的態度，包括了心理和行動兩個方面。心理層面是無形的，無法訂出規範，但切記以拋去個人情緒，不偏不倚為原則。行動上則注意不可在言語、肢體動作上顯露出個人情緒，譬如任意提高或降低聲量，拉長或縮短評論時間，在不同學生報告時給予鼓掌或不鼓掌要特別注意統一，也要避免在評論課堂分組表現之後，接受個別學生課後的提問。

(2) 講評時不可造成情緒反應，譬如企圖笑場或以各種情緒反應要求聽者表示同情或認同，講評的同時應屬禁現場給予成績或具體評價。

(3) 嚴守「講評不指導」的原則：一但進入公開評論程序，便不可再對個別事件或個人表現給予建議。此時若有學生提出請教，必須拒絕，唯一可做的只能舉案例說明個人評論或給分原則。[1]

💬 練習活動

請同學們透過網路或者紙本報紙，閱讀這一週的新聞，加以分類之後與小組同學討論，將之以自己理想的版面或內容，另行設計成一份可閱讀

---

[1] 以上所論規則與分析，參見劉秉南著，《演講規則與技術》（臺北：臺灣商務印書館，1972）。

的報紙。這個練習活動在於了解：新聞報導在刊出過程，會遭遇怎樣的撰寫考量？

💬 思考問題

目前全球暖化，氣候異常等生態環境報導成為不容忽視的重大議題，在相關的報導中，你是否察覺哪些報導是較具效能，也就是讀者較能感同身受的？又為什麼這樣的報導方式比較有說服力？你在這個議題中，你自己的觀點又是什麼？為什麼作如是觀？

標題寫作

蕭敏如

⊙「標題」的意義與目的

一眼瞬間：作爲讀者「掃描」用的標題

　　在瀏覽浩瀚的文字訊息時，「標題」是影響內文是否被讀者進一步選擇、閱讀的重要環節。無論是在書店中漫步、隨興翻檢，抑或是在數個網頁間切換點閱，又或者是在數百頁學術論文檢索結果間尋繹所需，「標題」（書籍、網頁訊息、報刊、廣告等等）往往影響著我們是否選擇深入閱讀，又或僅僅是一掃而過。因此，撰寫一個勾起讀者興趣、好奇，且與眾不同的標題，才能吸引讀者打開這本書、點閱這篇文章，成爲讀者進一步閱讀內文的最初動機。

　　「標題」的目的，在於讓讀者透過大量「掃描」標題文字，藉以選擇自己感興趣的內文深入閱讀。因此，標題必須言簡意賅，在字數上應儘量控制在數字至十餘字內，在簡短而精煉的文字裡，將內文中最核心的部分，以有趣、引人共鳴的方式呈顯出來，讓讀者可以迅速把握內文的要旨，並對論述主題感到興趣。舉例而言，孔

復禮（Philip Kuhn）《叫魂：乾隆盛世的妖術大恐慌*Soulstealers:the Chinese sorcey scare of 1768*》一書，[1]即透過主標題「叫魂」（原文為：Soulstealers，盜魂者）與副標題「乾隆盛世的妖術大恐慌（原文為：the Chinese sorcey scare of 1768，1768年的中國妖術恐慌）」，在極精簡的文字裡，將全文的研究主題與切入角度凝煉入標題中——從群眾心理、巫術文化來分析1768年的「叫魂」事件。主標題「叫魂（Soulstealers，盜魂者）」揭示作者的研究主題——「叫魂」這種將寫有生人姓名的紙片貼打在建築木樁上的民間巫術。驚悚的主標題，勾起讀者對內文的好奇，就在此時，副標題提供了這篇研究論文的切入角度及論述細節——正值清王朝盛世風華的乾隆33年（1768年），群眾對於這種流傳於民間的傳統巫術產生集體恐慌。透過副標題，帶出此一民俗現象背後的群眾心理、社會文化與宗教儀式的相關探討。在主、副標題的十幾個字間，讀者得以在不費時費力、不降低閱讀興趣的前提下，迅速對內文感到興趣並瞭解內容要旨。

內容的再現

標題是吸引讀者進一步閱讀內文的基礎。有趣、獨特、誇張、聳動的誘人標題，固然是引人入勝的手段，但標題終究要將讀者引導至

---

[1] 孔復禮（Philip Kuhn）：《叫魂：乾隆盛世的妖術大恐慌*Soulstealers:the Chinese sorcey scare of 1768*》，臺北：時英出版，2000年4月。

內文，因此還是應該符合內文意旨。如果讀者在瀏覽標題後感興趣而進一步閱讀全文，卻發現內容與標題有落差，或者內容平淡，不如標題所言聳動，可能會給讀者「被標題騙進來」的負面印象。如：「男爽換5G+新手機！超扯合約曝光，台人都震驚了」的新聞標題，[2]運用「超扯」、「台人都震驚了」的誇張修辭、卻不概述具體內容的方式，勾起讀者的好奇，然細讀新聞內容，則是綁5G電信合約時換購新4G手機，與「震驚」相距甚遠。

　　這種標題比內容聳動、或標題與內文不符的誘餌式標題（Clickbait），不僅誤導讀者，同時也給讀者一種不符期待的失落感。因此，在構思有趣、獨特、引人入勝的標題時，還是應以標題寫作的核心目的為前提——以簡短的文句，準確地再現內文的要旨。它必須將論述內容儘可能地濃縮與概括，以提供堅實而精準的內容資訊給讀者。因此，在精煉內文的過程中，擬定標題必然是對內文進行選擇性地取捨，它不僅僅是片斷資訊的揭示，而是將論述內容提煉、概括後精準再現。

⌯ 議題設定

　　標題，是從詳盡的內文中擷取足以概括全文的核心要旨，其本身

---

[2] 「男爽換5G+新手機！超扯合約曝光，台人都震驚了」，NOWnews 今日新聞，2020年10月19日，https://www.nownews.com/news/5088710。

即是一種選擇、重組、建立意義的過程。作爲標題，擷選哪些部分加以凝煉？選擇以誰爲敘事主角？如何描述？凡此種種，都會給予讀者截然不同的閱讀印象。它彷彿是一扇窗口，連繫起讀者與內文，讓讀者得以窺探、想像標題背後的論述。然而，這扇窗口如何開啓？從哪些面向開啓？都在某種程度上影響讀者對這篇內文的觀看視角及意義的理解。

　　就某方面來說，標題不僅是內容的再現，同時也建立起一種閱讀脈絡，帶領讀者從特定角度來認識論述內容。以新聞標題爲例，同一個事件，在不同議題設定下的標題，都會影響讀者對這則新聞的不同印象。如：「居家隔離猝死！18歲女倒房內，有癲癇病史」[3]與「18歲居檢女猝逝，莊人祥：曾與部桃隔離患者同病房18天」，[4]兩則新聞皆指涉同一事件，前者的標題強調少女的癲癇病史；後者的標題，則將少女之死指向與肺炎疫情相關。兩則新聞所述，雖然都是客觀事

---

[3] 「居家隔離猝死！18歲女倒房內，有癲癇病史」，TVBS新聞，2021年1月27日，https://tw.news.yahoo.com/%E5%BF%AB%E8%A8%8A-%E5%B1%85%E5%AE%B6%E9%9A%94%E9%9B%A2%E7%8C%9D%E6%AD%BB-18%E6%AD%B2%E5%A5%B3%E5%80%92%E6%88%BF%E5%85%A7-%E6%9C%89%E7%99%B2%E7%99%87%E7%97%85%E5%8F%B2-055343163.html。

[4] 「18歲居檢女猝逝，莊人祥：曾與部桃隔離患者同病房18天」，中時新聞，2021年1月27日，https://www.cna.com.tw/news/firstnews/202101275003.aspx。

實，但在擬定標題時卻都選擇性地強調事件中的某些片斷，引導讀者的觀看角度，甚至在標題中隱約涉及某種論斷。

標題的寫作取向，不僅取決於論述內容自身的性質，同時也取決於目標讀者群的閱讀偏好。按照內文的性質，大致上可以分為：

1. **研究報告與學術論文**：研究報告與學術論文，都訴諸理性的議題探討，因此在呈現內文中最有趣的部分之餘，最重要的仍應是以客觀、理性的立場，精準敘明論述主題。如：王汎森《權力的毛細管作用：清代的思想、學術與心態》，以意象鮮明的主標題，具象地描述論文的研究視角 —— 如毛細管般滲透至日常生活各個微小層面的政治、道德、權力的運作，而副標題則精準、清楚地指陳研究主題。[5] 又如：沈松僑〈我以我血薦軒轅 —— 黃帝神話與晚清的國族建構〉，[6] 引述魯迅〈自題小像〉中感慨萬千的語句「我以我血薦軒轅」作為主標題，帶出作為研究主題的副標題 ——「黃帝神話與晚清的國族建構」，探討晚清西風東漸使知識份子面臨空前的文化衝擊，在強烈的文化危機感之下企圖重建古神話脈絡，以進行國族建構。

---

[5] 王汎森：《權力的毛細管作用：清代的思想、學術與心態》，臺北：聯經出版，2014年。

[6] 沈松僑：〈我以我血薦軒轅 —— 黃帝神話與晚清的國族建構〉，《臺灣社會研究季刊》，28期，1997年12月。

2. 書籍標題：書名是讀者對作品的第一印象。一個清楚、容易記憶、且好奇的書名（如關鍵人物、場景、物品等），可以吸引讀者聚焦，引發讀者的好奇。如：費茲傑羅（F. Scott Fitzgerald）《大亨小傳（*The Great Gatsby*）》、[7]白先勇《臺北人》、[8]東野圭吾《解憂雜貨店》、[9]艾蜜莉·布朗忒（Emily Brontë）《咆哮山莊（*Wuthering Heights*）》、[10]蕭麗紅《桂花巷》、[11]湯姆·克蘭西（Tom Clancy）《獵殺紅色十月（*The Hunt for Red October*）》，[12]即從故事本身的關鍵人物、地名、重要場景概括全書，成為極富感染力的書名

3. 新聞標題：新聞報導雖以事實為基礎，但「報導」同時也是一種敘事，必然受到敘事視角的侷限，無法呈顯事件的各種觀點及完整面貌。因此，新聞報導不僅反映編輯者對事件的擷選、重組與

[7] 費茲傑羅（F. Scott Fitzgerald）：《大亨小傳（*The Great Gatsby*）》，臺北：漫遊者文化，2015年。

[8] 白先勇：《臺北人》，臺北：爾雅出版，1983年。

[9] 東野圭吾：《解憂雜貨店》，臺北：皇冠出版，2018年。

[10] 艾蜜莉·布朗忒（Emily Brontë）《咆哮山莊（*Wuthering Heights*）》，臺北：商周出版，2015年。

[11] 蕭麗紅：《桂花巷》，臺北：聯經出版，1977年。

[12] 湯姆·克蘭西（Tom Clancy）：《獵殺紅色十月號（*The Hunt for Red October*）》，臺北：星光出版，1991年。

評述觀點，甚至在擬定標題、撰寫內文時，也會從不同當事者的立場來篩選、陳述事件。如：鄭捷隨機殺人案發生後，相關報導也對死刑存廢展現不同態度：「鄭捷遭槍決，廢死聯盟：政府無差別殺人」、[13]「羅瑩雪：死刑是鄭捷為自己判的」[14]兩種迥然有別的觀點。

💬 寫作技巧

具象生動

　　標題的撰寫，是將內容進行簡要提綱、並擷取內文亮點。提綱的角度，既可以是知識性的，也以是故事性的。富涵故事性的標題，往往具有吸引人進一步閱讀的魅力。舉例而言，2020年5月，一則玩手遊的少年和妹妹手牽手由高樓跳下的新聞事件發生時，當時新聞媒體出現「誤信手遊『人死能復活』，11歲童竟牽妹跳下4樓實驗」與「玩手遊出現幻覺！11歲少年帶著妹妹『手牽手4F跳下』：我們可以飛了～」兩種有著些微別異的標題。「誤信手遊『人死能復活』，

---

[13] 「鄭捷遭槍決，廢死聯盟：政府無差別殺人」，中央社，2016年5月10日，記者蔡沛琪，https://www.cna.com.tw/news/firstnews/201605100545.aspx。

[14] 「羅瑩雪：死刑是鄭捷為自己判的」，中央社，2016年5月11日，記者唐佩君，https://www.cna.com.tw/news/firstnews/201605115008.aspx。

11歲童竟牽妹跳下4樓實驗」的標題，[15]以理性、客觀的立場，簡明扼要地敘述此事件；而同事件的另一則新聞標題：「玩手遊出現幻覺！11歲少年帶著妹妹『手牽手4F跳下』：我們可以飛了～」，[16]則是以孩子的童稚角度來觀看、敘寫這個事件，標題本身彷彿就在訴說一個動人故事——少年少女的天真浪漫，最終帶來令人感傷的悲劇。透過深植人心、勾勒人性的故事性標題，喚起讀者的同理與共鳴。

當論述內文豐富多元、情節複雜時，如果用一個整體性的、綜合性的標題，有時容易變得空泛無趣。如：「埔里建醮大典活動豐富」，乍看之下的確將所有的建醮相關活動包羅其中，看似面面俱到，事實上卻毫無具體內容，反而給人一種無趣、毫無記憶點之感。相較之下，找出全文中的實質內容，加以強調、放大，可以讓讀者有此一主題有鮮明而清楚的印象。如：「埔里建醮解禁開葷，鹽酥雞狂銷大炸鍋」、[17]「口罩迷注意！南投埔里建醮120年推『神獸版』口

---

[15] 「誤信手遊『人死能復活』，11歲童竟牽妹跳下4樓實驗」，蘋果日報，2020年5月13日，https://tw.appledaily.com/international/20200513/64EEP232FZ6CXKAHJNVGCRKKMQ/。

[16] 「玩手遊出現幻覺！11歲少年帶著妹妹『手牽手4F跳下』：我們可以飛了～」，東森新聞　2020年5月13日，記者鄭思楠，https://www.ettoday.net/news/20200513/1712865.htm#ixzz6MKr7IO86。

[17] 「埔里建醮解禁開葷，鹽酥雞狂銷大炸鍋」，民視新聞，2020年12月6日，https://www.youtube.com/watch?v=HIYlDxb1fWo。

罩」等標題，[18]在論述建醮相關活動與人群反應時顯得更爲具體，也更爲生動活潑。比起「埔里建醮大典活動豐富」這類標題，更吸引讀者進一步閱覽。

在撰寫標題時，如果能從事件本身的關鍵主旨、人物反應、重要場景概括全文，以具體而鮮明的形象，生動地來傳達，較能成爲富有感染力的精彩標題。如：莊士敦（Reginald Fleming Johnston）《紫禁城的黃昏》、[19]劉梓潔《父後七日》、[20]劉慈欣《三體II：黑暗森林》、[21]住野夜《我想吃掉你的胰臟（君の膵臟をたべたい）》、[22]東野圭吾《白夜行》，[23]這些標題，都傳達、刻劃出鮮明且具感染力的視覺圖像，使人印象深刻。

日常的靈感

除了具象生動、帶故事性的標題敘寫方式之外，在撰寫標題時，

---

[18] 「口罩迷注意！南投埔里建醮120年推『神獸版』口罩」，聯合報，2020年11月26日，記者賴香珊，https://udn.com/news/story/7325/5045845。

[19] 莊士敦（Reginald Fleming Johnston）：《紫禁城的黃昏（評註插圖本）》，上海：上海人民出版社，2019年10月。

[20] 劉梓潔：《父後七日》，臺北：寶瓶文化，2010年。

[21] 劉慈欣：《三體II：黑暗森林》，臺北：貓頭鷹出版，2011年。

[22] 住野夜：《我想吃掉你的胰臟》，臺北：悦知文化，2017年。

[23] 東野圭吾：《白夜行》，臺北：獨步文化，2017年。

也可以從日常生活中熟悉的人、事、物中尋繹靈感，找出與論述內容關聯的事物，建構屬於該事物的、獨一無二的故事。在撰寫標題時，從自己的情感經驗、思考經驗出發，試著模擬、捕捉內文的主要場景，尋繹、建構其中人、事、物的故事脈絡，藉以製造張力並營造共感。如：魯迅〈從孩子的照相說起〉、朱國珍〈離奇料理〉、黃春明〈兒子的大玩偶〉，透過與日常生活熟悉的人、事、物連結，藉著重新回溯論述主題發生的背景，使讀者可以有經歷到類似感受的親切感。

又如卜正民（Timothy Brook）《維梅爾的帽子：揭開十七世紀全球貿易的序幕》，[24]以維梅爾名畫中的服飾背景為起點，聚焦於「帽子」這個我們隨處可見的熟悉物品，將我們日常生活中熟悉的事物放大，尋繹其背後的故事，最後輻射出波瀾壯闊的十七世紀世界貿易圖象。此種標題，是以日常人、事、物的故事為契機，使讀者更容易感同身受、對論述的主題建立理解與認同。

震撼人心的對話

許多社會議題、歷史事件，都是圍繞著個別人物發展而來。人與人之間的對話，往往折射出每個人物的思想、感情，為事件中的人

---

[24] 卜正民（Timothy Brook）：《維梅爾的帽子：揭開十七世紀全球貿易的序幕》，臺北：遠流出版，2017年4月。

物賦與溫度、注入生命。因此，無意中的一段話、心血來潮的一句評論，都可以作爲點燃故事、帶出主題的亮點。透過紀錄對話、觀察人與人之間的互動關係，即可擷取其中足以打動人心、引人省思的語句，作爲帶出內文的標題，使內容更具說服力。如：黃春明的小說《莎喲娜啦‧再見》，[25]用日本嫖客與妓女之間道別的話語作爲書名，呈顯出故事主軸——利用嫖客與妓女之間的語言隔閡，在無奈的現實中，盡力維護人性的尊嚴。

　　在新聞報導或社論裡，此種撰寫標題的方式更爲廣泛，如：「『這錢裝潢用！』父救子心切，領130萬被騙光」的標題，[26]敘寫被詐騙集團欺騙的父親，深信唯有交付百萬存款才能拯救兒子，甚至不惜謊稱領錢是爲了裝潢，以說服想勸阻的銀行行員；又如BBC新聞網的一篇精彩社論——「喬治‧佛洛伊德之死：從『我會改變世界』到『我無法呼吸』的一生」，[27]其標題即擷取引發2020年美國BLM（Black Lives Matter）運動的核心人物——喬治‧佛洛伊德少年時期及臨死之前的話語，透過年少時期意氣昂揚的宣誓與被壓迫至窒息時的絕望求助，兩段話語之間的鮮明對照，呈顯底層非裔族群在

---

[25] 黃春明：《莎喲娜啦‧再見》，臺北：聯合文學，2009年。

[26] TVBS新聞，2021年1月24日，https://news.tvbs.com.tw/local/1453923。

[27] BBC News中文網，2020年6月10日，記者馮兆音，https://www.bbc.com/zhongwen/trad/world-52988524。

美國社會的群體困境，並探討承載在此事件背後的美國種族問題。

☺ 寫作練習

1. 請找一篇你感興趣的博、碩士論文，為它撰寫兩百字內的簡要提綱，並重新擬定一個你認為更能呈顯論文主軸且更引人入勝的標題。

2. 假設你是一位報社編輯，請任擇一年內發生的社會新聞，分析原標題的敘事立場，並幫它重擬一個精彩的標題。

履歷表寫作

謝如柏

履歷表必須與眾不同

不用說，在現代工商社會中，如何擺脫千篇一律的機械化編碼式履歷表，如何撰寫出能夠成功突顯自我、進而地推銷自我的個人履歷，是在求職生涯中不可或缺的條件。據網路消息，一般企業的人資，平均只花8.8秒看一封履歷！如何在千百封履歷中成為脫穎而出的那一封，是關係到人生的大課題。

給誰看？「見人說人話，見鬼說鬼話」的大原則

許多人以為履歷表無非就是把自己的經歷、技能、自傳……這些東西寫一寫、填一填而已，不是都一樣嗎？但這是嚴重的誤解。重點是：1.履歷表是給對方看的；2.履歷表的目的是要成功求職。因此，要考慮的問題是：對方想要看到什麼？也就是說，對方想要徵求什麼樣的人才？由此再來思考，履歷表應該怎麼寫、應該寫什麼。

舉例來說，假設有以下三個職缺：

1. 行銷廣告公司，需要的是企劃、廣告創意人才。

2. 科技公司，需要的是程式工程師。

3. 貿易公司，需要的是業務人才。

　　假設

1. 需要的人才，可能要有自由發想的創意，和能不拘一格、突破現有框架、天馬行空一樣的思考力。

2. 則需要的可能是紮實的程式寫作能力、和隨時on call解決問題的耐力（也就是俗稱「年輕的肝」）。

3. 需要的可能是與顧客充分溝通應酬、個性親切、具服務熱忱的人際關係能力。

　　這三者所需要的人才特質、能力各有不同。

　　如果你的履歷表強調的是「有自由發想的創意，和能不拘一格、突破現有框架、天馬行空一樣的思考力」，我們來想想：

　　以此去應徵職缺2，會發生什麼事呢？也許人資主管會覺得你會是意見很多、不安於室的人？更不是一個可以乖乖on call、耐心處理既有程式問題的人？

　　以此去應徵職缺3，會發生什麼事呢？也許人事主管會覺得你是我行我素、活在自己世界的人，而不是一個可以與顧客充分溝通應酬、個性親切、具服務熱忱的人？

　　經過以上例子中的思想實驗，可以知道，撰寫履歷表的根本原則，就是必須先掌握「給誰看？」的大原則，也就是要先了解「對

方想要看到什麼」的原則。換言之，再講白話一點，就是「見人說人話，見鬼說鬼話」的大原則。不同的不同的行業、不同的公司，都有不同的用人要求；就算是同行，不同公司之間，也有不同的企業文化，對於人才的偏好，也有微妙的不同，這就是「用人潛臺詞」。因此，應徵不同的行業、不同的公司，面對不同的企業文化，必須思考「對方想看的是什麼」，再來思考「我的履歷表應該寫什麼」。

注意！該寫的再寫，不該寫的就不要寫。這不是騙人，只是呈現你最好的一面。當然，你家有幾隻貓、幾隻狗就可以不用寫了，除非你要應徵的是寵物店、或是動物園。你小時候參加作文比賽得獎也不用寫了，除非你要應徵的是教師、或是文案人員。

☺ 寫什麼？展現自己的優點。

不該寫的不要寫，但是，應該寫的內容有哪些？原則是，要呈現自己的「優點」。如前所說，這是依據不同的行業、不同的公司、面對不同的企業文化而有不同。但整體來說，原則上是以下幾種能力：

1. 硬實力：知識、經驗、技能等易於「量化」的能力。例如，學歷、科系、工作經驗、各種檢定、證照……等。你在一般求才網站或公告上會看到的、白紙黑字列出的要求，也屬於這一類。當然，如果你的「硬實力」超過求才公告列出的要求，也就是所謂「物超所值」，對於求職當然有幫助。這部分的能力，只能靠自己平常的努力和累積。

2. 軟實力：心理特質、創意、思考能力、溝通能力、團隊精神、工
作態度……等，不易量化的「質性」能力。這部分正是對應前面
所提到的，不同的行業、不同的公司、不同的企業文化，對於想
要的人才，各有不同要求的「用人潛臺詞」的部分。所謂江山易
改，本性難移，「軟實力」很大一部分與人格特質、個性有關，
不是全部都能經由後天的學習、努力而改變。

前面已經說過，不同的行業公司、企業文化，對於「硬實力」、
「軟實力」會有不同的要求。

重點來了！「硬實力」既然是白紙黑字列在求才網站或公告上
的東西，理論上每個會去應徵這個職位的人，都已經滿足對方所要的
基本條件了，當然，每個人的「硬實力」還是有高下之別，這部分會
影響到求職的結果，也是當然的。如果你在這關就被刷掉，也沒有辦
法，只能說是自己技不如人，認命接受吧。

但是，如果是在「硬實力」條件相等的狀況下，那麼，決定最
後結果的，就會是「軟實力」了。因此，在這個部分，才是用心的
重點：如何配合不同行業、不同公司、不同企業文化所沒有列出來的
「用人潛臺詞」，應該在此前提下，盡量呈現「對方想要的／自己擁
有的」「優點」。

人要衣裝：履歷表的外殼

在以上的前提都滿足的條件下，其次要考慮的，才是履歷表的排

版、美工問題。美好的外表，確實可以吸引讀者的眼光。但千萬不要「金玉其外、敗絮其中」，把時間都花在排版之上本末倒置，做出對方不想看的內容，成為8.8秒就被丟到垃圾桶的犧牲品。

💬 作業練習 1

1. 試著在求職網站，尋找一篇自己喜歡的職務的求才公告。

2. 仔細閱讀該篇求才公告的內容，分析對方清楚列出的「硬實力」是什麼？並分析對方沒有列出，但是「用人潛臺詞」裡可能要求的「軟實力」是什麼？

3. 分析目前自己的狀況。我擁有怎樣的「硬實力」？是否符合該篇求才公告的要求？我有什麼樣的特質或「軟實力」？是否符合該篇求才公告「用人潛臺詞」的要求？

4. 根據以上「見人說人話，見鬼說鬼話」的大原則，針對該篇求才公告，撰寫你的履歷表。記得，該寫的再寫，不該寫的就不要寫。

5. 附加作業：各位同學尚在求學階段，「硬實力」還有進步的空間，「軟實力」也許還有改變的可能。分析完自己的優、缺點後，可以進一步思考：我還欠缺什麼？應該怎樣提昇自己的實力？

💬 作業練習 2

向已經畢業、進入職場的學長姐打聽、調查他們的公司的情形。試著了解工作環境，更重要的是，了解不同的企業文化，以了解他們各自不同的「用人潛臺詞」，以作為將來求職的參考。

Note

Note

Note

國家圖書館出版品預行編目(CIP)資料

說故事的人：多功能語文表達實務教材／徐秀
菁, 陳正芳, 陳冠妤, 陳建銘, 陳美蘭, 曾
守仁, 溫珮琪, 劉恆興, 蕭敏如, 謝如柏
著. -- 初版. -- 臺北市：五南圖書出版股
份有限公司, 2023.09
面；　公分

ISBN 978-626-366-431-9(平裝)

1.寫作法

811.1　　　　　　　　　　　112012696

1XNQ 應用文系列

說故事的人
多功能語文表達實務

主　　編 ― 國立暨南國際大學中文系

編　　輯 ― 陳正芳

作　　者 ― 徐秀菁、陳正芳、陳冠妤、陳建銘、陳美蘭
　　　　　　曾守仁、溫珮琪、劉恆興、蕭敏如、謝如柏
　　　　　　（按姓氏筆劃順序排列）

校　　對 ― 同上

行政編務 ― 徐秀菁、楊佩瑄

發 行 人 ― 楊榮川

總 經 理 ― 楊士清

總 編 輯 ― 楊秀麗

副總編輯 ― 黃惠娟

責任編輯 ― 陳巧慈

封面設計 ― 蕭晴滩、姚孝慈

出 版 者 ― 五南圖書出版股份有限公司

地　　址：106台北市大安區和平東路二段339號4樓

電　　話：(02)2705-5066　　傳　　真：(02)2706-6100

網　　址：https://www.wunan.com.tw

電子郵件：wunan@wunan.com.tw

劃撥帳號：01068953

戶　　名：五南圖書出版股份有限公司

法律顧問　林勝安律師

出版日期　2023年9月初版一刷

定　　價　新臺幣200元

經典永恆‧名著常在

五十週年的獻禮 —— 經典名著文庫

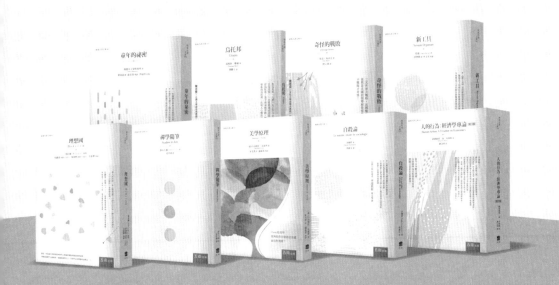

五南，五十年了，半個世紀，人生旅程的一大半，走過來了。

思索著，邁向百年的未來歷程，能為知識界、文化學術界作些什麼？

在速食文化的生態下，有什麼值得讓人雋永品味的？

歷代經典‧當今名著，經過時間的洗禮，千錘百鍊，流傳至今，光芒耀人；

不僅使我們能領悟前人的智慧，同時也增深加廣我們思考的深度與視野。

我們決心投入巨資，有計畫的系統梳選，成立「經典名著文庫」，

希望收入古今中外思想性的、充滿睿智與獨見的經典、名著。

這是一項理想性的、永續性的巨大出版工程。

不在意讀者的眾寡，只考慮它的學術價值，力求完整展現先哲思想的軌跡；

為知識界開啟一片智慧之窗，營造一座百花綻放的世界文明公園，

任君遨遊、取菁吸蜜、嘉惠學子！